ELLEN HEINZELMANN

Reise in den Tod
aus der Markgräfler Buchreihe

*Reise nach Fuerteventura
ein dramatisches Tagebuch*

Über den Inhalt

Es sollte ein Ausflug von sieben Exschülern der damaligen Abiturklasse nach Fuerteventura werden. Sie waren die besten Schüler des Jahrgangs 2005 im Markgräfler Gymnasium Müllheim und ein eingeschworenes Team.

Doch die Reise endete in einem Albtraum. Bilanz dieses Ausflugs: zwei Tote, zwei Verletzte davon einer schwer.

Frederik Hartl zerbricht unter der Last des damaligen Geschehens, denn er alleine fühlt sich verantwortlich. Doch, was ist wirklich geschehen? Frederiks Vater und auch Frederiks Verlobte möchten es in Erfahrung bringen, und engagieren einen Detektiv, Friedhelm Kulau.

Die Autorin

Ellen Heinzelmann, Fachfrau für Marketing und Kommunikation, wurde 1951 im Kreis Waldshut geboren. Während ihrer langjährigen beruflichen Tätigkeit - zuletzt als Marketing- und PR-Verantwortliche in einer Organisation des öffentlichen Rechts in Basel - übersetzte sie Texte vom Deutschen ins Französische und Englische, wirkte als Dolmetscherin bei Vertragsverhandlungen in Paris. Auch wirkte sie als Lektorin und als Ghostwriterin. Die geschriebene Sprache hatte schon in früher Kindheit große Faszination auf sie ausgeübt. Nach dem Ausstieg aus dem Berufsleben, ist sie ihrer Berufung schließlich gefolgt. Mit ihrem Debütroman »Der Sohn der Kellnerin«, eine nicht alltägliche Geschichte, startete sie 2011 ihre Schriftstellerlaufbahn und nahm ihre Leser gleich mit auf eine emotionale Reise.

www.ellen-heinzelmann.de

Ellen Heinzelmann

Reise in den Tod
aus der Markgräfler Buchreihe

Bibliografische Information der Deutschen Nationalbibliothek

Die Deutsche Nationalbibliothek verzeichnet diese Publikation in der Deutschen Nationalbibliografie; detaillierte bibliografische Daten sind im Internet über dnb.d-nb.de abrufbar.

© 2017 Ellen Heinzelmann
Alle Rechte vorbehalten. All rights reserved.

Umschlaggestaltung: David Jentzen
Titelfoto: Ellen Heinzelmann
Bildmaterial: Ellen Heinzelmann
Lektorat, Korrektorat: Wiltrud Heinzelmann

Herstellung und Verlag:
BoD - Books on Demand, Norderstedt
www.bod.de
ISBN 978-3-7431-8188-5

Das Werk, einschließlich seiner Teile, ist urheberrechtlich geschützt. Jede Verwertung ist ohne Zustimmung des Verlages und des Autors unzulässig. Dies gilt insbesondere für die elektronische oder sonstige Vervielfältigung, Übersetzung, Verbreitung und öffentliche Zugänglichmachung.

Dieses Buch ist ganz speziell gewidmet meinen lieben Freunden in Fuerteventura, die mich bewusst oder unbewusst inspiriert haben. Es sind dies:
- die Wanderfreunde Costa Calma
- die Chor-Freunde (Chor San Miguel unter der Leitung von Elke Dinkler-Hamel)
- alle Freunde, die ich bei meinen Aufenthalten auf der Insel kennenlernen durfte, sei es am Stammtisch, oder aber auch über Social Media.

Uns alle verbindet eines: die gemeinsame Liebe zur Insel, die ich mit einem Gedicht von *Hannelore von der Twer* hier aufzeige. Hannelore verstand diese Liebe in Worte zu fassen, wie man die Magie dieser Insel nicht besser zu beschreiben vermag:

Uralte Insel mit sprödem Charme
Und doch so vieler Menschen Schwarm.
Grandiose Kargheit in leuchtenden Farben,
zerfurchte Barrancos wie riesige Narben.
Insel der Winde, die die Sonnenglut kühlen,
goldgelbe Dünen und verfallende Mühlen.
Einsamkeit, Unberührtheit in entlegenen Ecken,
da und dort Palmen wie farbige Flecken.
Endlose Strände vom rauen Atlantik bedrängt,
Traumwolkenbilder in die Bläue des Himmels gehängt

Fuerteventura,
Du dürstendes, armes und doch so reiches Urgestein –
Wer Dich begreift, ist auf immer Dein.

Das Buch
Es handelt sich bei diesem Buch nicht um einen Kriminalroman. Es ist also nichts für den blutrünstigen Krimi-Liebhaber, der den psychisch kranken Serienkiller, der die Polizei an der Nase herumführt, auf seiner blutigen Spur verfolgen möchte.
Es handelt sich um ein Reisetagebuch und die Aufarbeitung danach. Es ist eine Reise mit tragischem Ausgang, wie es im wirklichen Leben hätte passiert sein können, denn eine ähnliche Situation hatte unsere Wandergruppe selbst erlebt. Natürlich war sie bei uns nicht einmal ansatzweise so dramatisch, wie im Buch geschildert, dementsprechend gab es auch keinen annähernd tragischen Ausgang, jedoch die Begleitumstände waren gegeben und reichten aus, meine Phantasie zu dieser erfundenen Geschichte zu beflügeln. Noch während unserer Wanderung im Valle de Pecenescal entstand das Drama in meinem Kopf.
Mit diesem Reisebericht, unterstützt mit diversen Fotos auf den Seiten 62 bis 70 und teilweise im Text, erhält der Leser einen kleinen Einblick in diese einzigartige Inselwelt, die schon so viele Menschen in ihren Bann gezogen hat – oder wie Hannelore von der Twer es so trefflich formulierte: ›*Fuerteventura, Du dürstendes, armes und doch so reiches Urgestein – wer Dich begreift, ist auf immer Dein*‹. Viele Fotos entstanden bei einer unserer Wanderungen im Valle de Pecenescal. Ebenso habe ich eine Inselkarte eingefügt.

Natürlich sollen die Leser durch diese Geschichte nicht entmutigt werden, die Schönheiten dieser Insel wandernd zu erkunden. Dennoch geht der Appell an alle, immer mit Bedacht zu gehen, nichts zu riskieren, denn

Rettungseinsätze wie hier im Buch beschrieben, sind keine Seltenheit. So zum Beispiel, nach einem Absturz von der Klippe in Cofete, in Tindaya, in Ajuy oder an der zerklüfteten Küste von Pájara

Die Romanfiguren sind frei erfunden, wenngleich es in unserer Gruppe tatsächlich auch solche Abenteurer gab, wie im vorliegenden Roman beschrieben. Die Personen sind nachstehend kurz skizziert:

Frederik (genannt Freddy) Hartl

ein gut aussehender Sonnyboy, nicht sehr groß, von schlanker, sportlicher Gestalt, stammt aus reichem Elternhaus. Sein Markenzeichen: draufgängerischer Abenteurer, witzig, intelligent und ein auf Frauen wirkender Magnet, wobei nur eine aus der Klasse ihm wirklich nahesteht. Er war in der Schule nicht der Klassenbeste, dafür aber war er äußerst clever. 2007 begann er nach einem längeren, vom Vater finanzierten Auslandsaufenthalt – ein Geschenk zum erfolgreich abgeschlossenen Abitur – sein Studium in Mannheim.

Sylvie Kannemaker

eine attraktive junge Frau, die mit ihrer sympathischen Ausstrahlung und ihrem liebenswürdigen, einnehmenden Wesen so quasi einen Türöffner in alle Herzen besitzt, stammt aus einer Kleinunternehmer-Familie – der Vater besitzt ein Geschäft für Landmaschinen, die Mutter arbeitet im Geschäft mit; Sylvie ist eine angenehme zierliche Erscheinung. Ebenso wie Freddy absolvierte sie ein Auslandsjahr. Sie und Freddy – seit der Schulzeit schon ein Paar – studieren zusammen in Mannheim.

Felix Zander

ein sportlicher Typ, von großer Statur und kräftigem Körperbau, stammt aus einfachen Verhältnissen – Vater: Bauarbeiter, Mutter: Fisch- und Fleischfachverkäuferin – seine entspannte, lockere Art kam in der Schule bei den Mädchen gut an. Er hatte von der ganzen Gruppe das schlechteste Abitur-Zeugnis, dennoch ist er aufgrund seiner humorvollen und nonchalanten Art Mitglied der Elitegruppe.

Patrizia (genannt Patty) Kraus

die hübscheste dieser Freundesgruppe, mit auffallend großen braunen Augen, stammt aus einer Akademikerfamilie – Vater: Dr. der Medizin, Mutter: Dr. der Humanbiologie. Mit ihren 1.79 m überragte sie die Mädchen und teilweise auch die Jungen aus der Klasse; ihre schlanke sportliche Figur ist wohl proportioniert. Während der Schulzeit hatte sie glattes, langes hellbraunes Haar; Zu all diesen Vorzügen hin, war sie auch noch eine super gute Schülerin mit dem zweitbesten Abiturzeugnis. Auch sie hatte ein Auslandsjahr absolviert; sie war seit jeher Felix' großer Schwarm.

Anita Schmied

ein durchschnittlich aussehendes Mädchen von zierlicher Statur, das die Vorzüge seines Typs mit großem Geschick gut herauszustellen vermag, stammt aus einfachen Verhältnissen – Vater: LKW-Fahrer, die Mutter, eine Spanierin, arbeitet in der Gastronomie;
Anita, war damals Klassensprecherin und ergriff schon im zarten Mädchenalter gerne Position für Benachteiligte. Sie ist musisch begabt, besitzt gar das absolute Gehör. Sie erhielt daher im Zuge der Begabtenförderung Unterstützung auf Länderebene. Sie spielt hervorragend Geige und Klavier. Auch sie absolvierte wie Patty und Sylvie ein Auslandsjahr.

Kai Isenloh

das Supergehirn stammt aus mittleren Verhältnissen – Vater: leitender Angestellter, Mutter: Personalleiterin, beide im selben Groß- & Außenhandelsbetrieb tätig. Sie waren total überfordert mit ihrem Sohn, denn Kai, ein Nachzügler (die Mutter war bei dessen Geburt dreiundvierzig Jahre alt, der ältere Bruder bereits zwölf) war schon immer ein Sonderling, ein hochbegabter Sonderling, was aber relativ spät erkannt wurde.

Wie es bei solchen hochbegabten Menschen oftmals der Fall ist, wirkte er schon als Kind zerstreut, oft wie geistig abwesend, tollpatschig, unsicher und mit Sprachproblemen behaftet. Niemand würde die außergewöhnliche Intelligenz hinter diesem Jungen vermutet haben. Deshalb wurde damals, über den Um-

weg ›*Lernschwäche aufgrund psychischer Störung*‹ diese Hochbegabung erst spät erkannt.
Obwohl er immer schon eher ein Einzelgänger war, blieb er dieser Elitegruppe des Abschlussjahrgangs 2005 auch nach dem Abitur treu, um mit ihr alle fünf Jahre gemeinsame Abenteuer zu unternehmen.

Renée Müller

stammt aus einer Lehrerfamilie – der Vater unterrichtet an der Hauptschule in Müllheim, die Mutter in der Hauptschule in Schliengen – ; Renée war eine gute Schülerin und, vermutlich familiär vorbelastet, ist sie ebenfalls der geborene Lehrerinnentyp. Ihr Aussehen ist durchschnittlich, sie ist weder hässlich noch schön. Ihre Rundungen sind sehr weiblich.
Ihr Berufswunsch, wie soll es auch anders sein: Lehrerin. Zum Wintersemester 2006 begann sie in Kassel ihr Lehramtsstudium.

***

Im Roman selbst, werden die einzelnen Personen noch detaillierter beschrieben, so dass der Leser sich von jedem einzelnen Charakter ein Bild machen, ihn vor dem geistigen Auge förmlich sehen und sich in ihn hineinfühlen kann.

Prolog
27. April 2010

Es war wieder eine jener Nächte, die ihn seit diesem schrecklichen Ereignis im Januar wachhielten. Tagsüber ließ es sich einigermaßen leben. Er ging zwar seit dem Unglück nicht mehr zur Uni, weil er wegen psychischer Erkrankung, einer ›*Posttraumatischen Belastungsstörung*‹ und auch körperlicher Blessuren krankgeschrieben war. Doch wenigstens fand er während langer Spaziergänge durch den Wald, wenn auch nicht Ablenkung, so doch etwas Ruhe. Das Zwitschern der Amseln hatte auf ihn schon seit jeher einen Entspannungseffekt. Er hätte gerne mehr getan, zum Beispiel hätte er gerne Schülern des Markgräfler Gymnasiums Nachhilfeunterricht erteilt. Doch er konnte nicht. Er konnte nicht unter Menschen sein, zumindest nicht im Moment.

Und dann nachts, suchten sie ihn heim, diese fürchterlichen Bilder, die ihn nicht mehr losließen. Wenn er es tatsächlich mal schaffte einzuschlafen, kamen sie diese schrecklichen Albträume, die ihn regelmäßig schweißgebadet hochschrecken ließen. Von jetzt auf gleich hatte sich sein Leben dramatisch verändert. Warum? Warum blieb sie nicht einfach stehen, die Zeit? Da starben Menschen, und die Welt drehte sich einfach unbekümmert weiter, so wie immer, so als wäre nichts geschehen. Wie gerne würde er am Rad der Zeit drehen … zurück bis zu jenem verhängnisvollen 5. Januar 2010. Er würde dann diesen Weg mit dem gefährlichen

Abgrund nicht wählen. Er würde mit der Gruppe zurückgehen und den richtigen Weg suchen, würde sie nicht in Gefahr bringen.

Er fühlte sich schuldig. Hinzu kam, dass er auch von Felix' Vater einen Anruf erhielt, indem der ihm massive Vorwürfe für seine Unvernunft machte. -

Es half nichts, dass in Wirklichkeit niemand genau sagen konnte, was damals tatsächlich geschah, alles wurde nur bruchstückhaft erzählt. Doch er, Frederik, er trug seither die Last der Schuld mit sich herum, weil er es so empfand.

Sein Psychotherapeut sagte, er solle lernen, sich selbst zu verzeihen. Das klang für ihn viel zu banal, er konnte damit nichts anfangen.

Doch auch seine Freundin Sylvie, die ihr Bachelor-Studium Betriebswirtschaft & Wirtschaftspsychologie in Mannheim wieder aufgenommen hatte, rief ihn regelmäßig an und redete auf ihn ein. Immer wieder betonte sie, dass er am Tod der Kommilitonen keine Schuld trug.

Doch er konnte den Gedanken nicht loswerden: ›*Ich habe den Tod meiner Freunde zu verantworten*‹.

Ja, und in dieser Nacht zum 27. April war es wieder eine solche Horrornacht. Schweißgebadet schreckte er hoch. Er saß am Bettrand, seine Ellbogen auf die Oberschenkel gestützt, sein Kinn in die Handballen gepresst. Sein Herz raste. ›*Ich bin am Ende; ich kann so nicht weiterleben*‹

*

»Manfred Hartl«, meldete sich der ursprünglich aus München stammende und seit 1980 in Müllheim lebende Vater von Frederik am Telefon.

»Hallo Herr Hartl, Kannemaker am Apparat«, ertönte Sylvies aufgeregte Stimme.

»Oh, hallo Sylvie, was kann ich für Sie tun?«

»Ich versuche schon die ganze Zeit Freddy zu erreichen. Er geht weder ans Festnetztelefon, noch nimmt er sein Handy ab. Das ist ungewöhnlich. Ich mache mir solche Sorgen. Er war so schlecht drauf, als ich ihn das letzte Mal sprach. Er hat kaum gesprochen. Könnten Sie …«, sie konnte den begonnenen Satz nicht beenden, denn Frederiks Vater, sofort in Alarmbereitschaft versetzt, verkündete, dass er gleich zu ihm fahren und nach ihm sehen werde. »Ich melde mich, sobald ich dort bin. Sind Sie erreichbar?«

»Ja, ich habe heute Nachmittag keine Vorlesung, ich bleibe zu Hause.«

Sylvie bewohnte zusammen mit Freddy, der denselben Studiengang wie sie belegte, eine Studenten-WG in Mannheim. Freddys vermögender Vater wollte ihnen zwar eine nette kleine Studentenwohnung sponsern, aber das wollten beide nicht annehmen. Sie fühlten sich wohl in der WG, wo es immer Ansprechpartner gab, hatten sie ihre Ablehnung begründet. Doch Freddy, der neben seinen eigenen Einkünften durch Jobs während der Semesterferien, vom Geld seines Vaters sein Leben bestreiten durfte, wollte die Großzügigkeit seines Vaters nicht über Gebühr strapazieren. Der Vater hatte ihm schon vor vier Jahren als Belohnung für sein hervorragendes Abiturergebnis einen einjährigen Auslandsaufenthalt finanziert.

*

Manfred Hartl fuhr zur Wohnung am Eichwald, die Freddy und Sylvie zusammen bewohnten, wenn sie sich während der vorlesungsfreien Zeit in Müllheim aufhielten. Wenigstens hatten sie dieses Angebot, das hübsche Apartment im ersten Stock zu nutzen, nicht ausgeschlagen. Er stellte sein Auto am Straßenrand ab und eiligen Schrittes überquerte er die Straße. Er war aufgeregt; das Telefongespräch mit Sylvie, seiner Schwiegertochter in spé, hatte ihn in Panik versetzt. Der desolate Zustand seines Sohnes gab ihm Grund genug, Sylvies Hilferuf ernst zu nehmen. Für die Eingangstür des Hartl'schen Wohnhauses besaß er einen Schlüssel. Er nahm immer zwei Stufen auf einmal, als er in den ersten Stock hastete. Er klingelte. Keine Antwort. Er hämmerte mit den Fäusten gegen die Türe. Nichts rührte sich. Er rief Freddys Namen. Es war mehr ein Schreien.

Von diesem Geschrei aufmerksam geworden, erschien Herr Gruber, der Mieter der Erdgeschosswohnung, an seiner Wohnungstür. Manfred Hartls Rufen klang immer verzweifelter. Erschreckt rannte nun auch Gruber in den oberen Stock. Er war erschüttert seinen Vermieter in diesem Zustand zu sehen: »Um Gottes Willen, Herr Hartl, was ist passiert?«

»Ich mache mir Sorgen um meinen Sohn. Sylvie hatte versucht, ihn anzurufen, aber er nahm sein Telefon nicht ab. Das hatte er noch nie gemacht. Er weiß, dass wir beide uns Sorgen um ihn machen und ihn immer wieder anrufen, um ihn nach seinem Befinden zu fragen und ihn aufzumuntern.«

Gruber war ebenfalls darüber informiert, dass sein sympathischer Nachbar vom oberen Stock nach diesem schrecklichen Urlaub auf Fuerteventura krank war und im Moment sein Studium pausierte. »Warten Sie, Herr Hartl, ich hole mal eben den Schlüssel. Freddy und Sylvie hatten einen Ersatzschlüssel bei mir deponiert, für den Fall, dass sie sich mal versehentlich ausschließen sollten.«

Hartl war froh, dass er damals, als er das Haus kaufte, die vorhandenen Türschlösser zu den Wohnungen durch Profilzylinder mit Not- und Gefahrenfunktion ersetzt hatte. Diese Schlösser erlaubten, von außen aufzuschließen, auch wenn von innen ein Schlüssel steckte. Und wie sich herausstellte, hatte es sich bewährt, denn der Schlüssel steckte tatsächlich.

Er trat in den hell erleuchteten Flur. Die vielen bis zum Boden reichenden Fenster der Wohnung in diesem komplett sanierten, schmucken Altbau sorgten dafür, dass sie lichtdurchflutet war.

Freddys Jacke hing an der Garderobe, seine Schuhe standen darunter. Er musste also da sein.

Vom Flur aus konnte man in die modern eingerichtete Küche sehen. Alles wirkte so aufgeräumt. Nicht mal ein Glas stand auf der Anrichte. Auch das an die Küche angrenzende Wohnzimmer war peinlich aufgeräumt. Nichts lag herum. Es wirkte friedlich und alles schien in Ordnung zu sein. Es war still. Und dennoch, diese Stille … es war eine gespenstische Stille.

Aufgeregt ging Freddys Vater durch die Wohnung. Als er vor der Schlafzimmertür stand, hielt er für einen Moment inne. Er wagte kaum zu atmen. Er hatte Angst, denn er befürchtete das Schlimmste.

Sachte klopfte er an die Tür. ›*Oh Gott, lass ihn einfach nur schlafend im Bett liegen*‹, dachte er bei sich. Es wäre schließlich nicht das erste Mal gewesen, dass sein Sohn tief schlief. Der Arzt gab Freddy nämlich auf dessen Wunsch Schlaftabletten, damit sein aufgebrachtes Gemüt zwischendurch auch mal wieder etwas zur Ruhe kam. Der Vater klopfte nochmals, diesmal etwas kräftiger und dabei rief er laut Freddys Namen. Nichts. Keine Antwort. Schließlich trat er vorsichtig ein.

Das Bett war zerwühlt, aber leer. Obenauf lag sein Korsett, das er nach dem Unfall noch immer tragen musste.

Sein Herz war schwer. Wo war sein Sohn? War er vielleicht wieder außer Haus, in seinem geliebten Wald? Er sagte doch, dass er bei den Spaziergängen einigermaßen Ruhe empfinde. Hartl mochte es glauben und blickte zur Eingangstür, als erwartete er, dass Freddy jeden Moment von seinem Spaziergang zurückkehrte. Doch er wusste, dass das nicht möglich sein konnte. Freddy wäre nie ohne sein Korsett weggegangen. Die Jacke hing an der Garderobe, und die Schuhe standen darunter. Außerdem steckte der Schlüssel von innen. ›*Oh mein Gott*‹

Eine ungute Ahnung drängte ihn weiter, in Richtung Badezimmer. Er blieb stehen, lauschte erst einmal an der Türe.

Da ... er glaubte etwas zu hören. ›*Mein Gott Freddy*‹, dachte er, ›*hast du mein Klingeln und mein Rufen nicht gehört?*‹

Sachte drückte er die Türklinke. Zuerst streckte er nur den Kopf durch die nur einen Spalt geöffnete Türe.

Ein dichter Wasserdampf schlug ihm entgegen und trübte seinen Blick. Erst jetzt trat er ein und sah mit Schrecken, dass der Raum von einem Stromkabel durchspannt war. In der Wanne lag der leblose Körper seines Sohnes. Neben ihm im Wasser gurgelte noch leise ein eingeschalteter Haarföhn. Da die Heizspiralen des Föhns durch den Strom schneller oxydierten, kam es im Wasser zu metallischen Absonderungen, so dass Freddys Körper langsam begann einen Bronzeton anzunehmen. Seine total verkrampfte Haltung, deutete auf einen schmerzhaften, qualvollen Tod hin. Vermutlich, so befürchtete Hartl, war er nur um wenige Minuten zu spät gekommen. Hatte Freddy womöglich das Trommeln an der Türe und die Rufe noch vernommen? Dieser Gedanke war unerträglich. Er durchquerte mit drei großen Schritten das Badezimmer, zog den Stecker des Föhns eilig aus der Steckdose, als könne er damit das Unausweichliche doch noch im letzten Moment verhindern.

Dann stand er einen Moment wie angewurzelt da, seine Schultern hingen schlaff herunter. Tränen liefen über sein fahles Gesicht. Er fühlte sich erschöpft, entmachtet, wie nach einem langen und doch verlorenen Kampf gegen eine heimtückische, aussichtslose Krankheit.

Gruber stand noch im Türrahmen. Beim Anblick des toten Freddys entfuhr ihm ein Aufschrei. Es war wie ein Hilferuf: »Oh mein Gott, oh mein Gott.« Auch er konnte seine Tränen nicht zurückhalten. Das war einfach zu viel für das Gemüt des 50Jährigen, der die beiden jungen Menschen sehr ins Herz geschlossen hatte. Er wollte sich zurückziehen, wollte den Vater mit dem Sohn in diesem Moment für ein stilles Gebet alleine lassen, ging aber nochmals zum Schlafzimmer um einen Blick hineinzuwerfen.

Er versuchte, sich vorzustellen, wie Freddy in dieser Nacht von Unruhe geplagt, diesen entscheidenden Schritt plante, als sein Blick auf ein Blatt Papier fiel, dessen eine weiße Ecke unter dem Bett hervorlugte. Er hob den Zettel auf. Sein Gesicht verlor jede Farbe. Es war ein Abschiedsbrief.

Als er beim Hinausgehen am Badezimmer vorbeikam, übergab er seinem Vermieter diesen Brief mit den Worten: »Herr Hartl, es tut mir unendlich leid. Er war ein so guter Junge.«

Ja, er mochte den sympathischen 23Jährigen wie einen Sohn, der, als er noch gesund war, immer ein freundliches Wort für seine Mitmenschen übrig hatte. Jetzt, da Freddy krank war, hatte er sich jedoch sehr rar gemacht. Wie musste er gelitten haben. Keiner konnte sich so richtig in ihn hineinfühlen.

Mit tränennassem Gesicht las Manfred Hartl die letzten Worte seines Sohnes:

Lieber Paps, liebe Sylvie,

glaubt mir, ich habe es versucht. Ich habe nicht einfach so aufgegeben. Wie ihr, habe auch ich gehofft, dass ich es schaffen würde. Doch ich sah dieses ersehnte Licht nicht, sah nicht das Licht am Ende des Tunnels. Die Ruhe und Entspannung, die die Menschen im Schlaf finden, fand ich nicht. Jede Nacht suchten sie mich heim, diese schwarzen Gedanken, diese Albträume. Wie kann man leben mit einer Schuld, die man sich niemals verzeihen kann.

Aber Ihr sollt wissen, dass ich Euch dankbar bin für alles. Liebster Paps ich bin dankbar für Deine unendliche Liebe, für Deine Großzügigkeit. Du hast alles für mich getan, was ein Vater für seinen Sohn nur tun kann. Ich habe nie etwas vermisst, außer Mama natürlich, die uns allzu früh verlassen musste.

Ich bin Dir dankbar, meine liebste Sylvie, dankbar für Deine Liebe, dankbar, dass Du für mich da warst in dieser schweren Zeit. Ich habe auf dem Display gesehen, dass Du noch versucht hast, anzurufen. Bitte verzeih' mir, aber ich konnte nicht. Zu betrübt waren meine Gedanken.

Meine Liebsten, es fällt mir unendlich schwer, die richtigen Worte zu finden. Wie soll man Dinge sagen, für die es keine Worte gibt.

Ich wollte leben, ich hatte Pläne ... doch seit dem schrecklichen Unglück bin ich innerlich leer ... tot. Auch in dieser Minute, spüre ich, und ich leide elendiglich darunter, dass ich jetzt wieder etwas Falsches tue, weil ich Euch das antue. Aber bitte verzeiht mir. Ich kann nicht mehr.

In Liebe Euer Freddy

1

Donnerstag, 30. Juni 2005
Verabschiedung der Abiturienten

Sie waren die Besten, die sogenannte Elite des Abitur-Jahrgangs 2005 des Markgräfler Gymnasiums Müllheim. Es waren sechs Schüler, die zusammen den traumhaften Notendurchschnitt von 1.3 zustande brachten. Von Anfang an waren sie eine eingeschworene Verbindung, die besten Freunde, die vieles zusammen unternahmen. Genau genommen waren es sieben. Felix Zander nämlich, der eher mittelmäßige Leistungen zeigte, war auch Teil dieser Elitefraktion. Es hätte in dieser Klasse sicher der eine oder andere Kamerad oder Kameradin von der schulischen Leistung her besser zur Elite gepasst und wäre vor allen Dingen auch gerne dabei gewesen. Aber so einfach bekam man diese Chance nicht, dazuzugehören. Es brauchte mehr als einfach nur einigermaßen gute Noten. Es musste passen, die Chemie musste stimmen. Felix war so einer, der schulisch nicht glänzte, ein mittelmäßiger Kandidat nur; er hatte mit gerade mal 530 erreichten Punkten eine 2.7 geschafft. Nicht, dass es ihm an Intelligenz gemangelt hätte, nein, er war einfach ein Minimalist. Er wollte es schaffen, und nicht nur gerade eben, sondern besser als eine 3, hatte er sich zum Ziel gesetzt. Und so war es denn auch.
Seine Intelligenz und das gewisse Etwas, das bei den Mitschülern, Männlein wie Weiblein, gut ankam, legitimierten ihn, dazuzugehören. Seine Unbekümmert-

heit und Schlagfertigkeit brachten Farbe in die Gruppe. Er war von großer Statur mit kräftigem, sportlichem Körperbau. Man mochte ihn; man mochte seine entspannte, lockere manchmal auch freche Art. Er war ein Sprücheklopfer, ein Scherzkeks, Klassenclown, wobei er es verstand, seine Sprüche immer an der passenden Stelle anzubringen, und selbstredend immer auf Kosten anderer, speziell von schwächeren. Es gab halt immer etwas zu lachen, wenn Felix dabei war. Veräppeln, oder auch mal Provozieren, waren seine Spezialgebiete. Dabei konnte es zuweilen auch vorkommen, dass er mit seinen spitzen Bemerkungen unter die Gürtellinie geriet.

Eigentlich sahen begehrte Jungs in der Regel auch noch besonders gut aus. Aber das war bei Felix nicht der Fall. Er war eher ein Durchschnittstyp. Zwar bestach seine sportliche Figur mit seinen breiten Schultern (er war immer ein Sportass), doch sein Gesicht gehörte einem Durchschnittsmenschen. Sein haselnussbraunes gelocktes Haar wirkte struwwelig und leicht verwegen und eben diese Verwegenheit kombiniert mit seinem nonchalanten Auftreten vermochten eine besondere Wirkung auf die jungen Damen auszuüben. Frederik Hartl, genannt Freddy, von dem man wirklich behaupten konnte, dass er ein richtig gut aussehender charmanter Sonnyboy war und sich deshalb wirklich nicht über mangelnden Erfolg bei den Mädels beklagen konnte, verstand nie, warum ausgerechnet Felix solche enormen Chancen hatte, und zu allem hin gerade bei den von der ganzen Jungenwelt begehrtesten Mädchen. Sie kicherten, wenn er jemanden auf die Schippe nahm, und darin war er ein wahrer Meister, und sie kokettierten, wenn er sich hinterher über den Verulkten genüsslich amüsierte. Doch neben all den niedlichen Mädchen, die er alle gerne mochte, gab es eine Dame, die es ihm ganz besonders angetan hatte: es war seine Randa, ein Labrador-Retriever-Weibchen. Sie liebte er heiß und innig. Ja, und dann gab es noch eine weitere Angebetete – das war Patty – sie, die auf seine Annäherung nicht reagierte, schien für ihn unerreichbar.

Freddy war im Vergleich zu Felix schon eher der Zurückhaltende, Wohlerzogene. Abgesehen davon, war er auch nicht stetig auf der Suche nach weiblicher Anerkennung. Wenn überhaupt ein Mädchen, dann galt sein Interesse Sylvie Kannemaker, eine intelligente, attraktive Schülerin mit sympathischer Ausstrahlung. Ihr sonnenblondes Haar und ihre blauen Augen unterstrichen diese Ausstrahlung. Mit ihrem liebenswürdigen, einnehmenden Wesen, hatte Sylvie so quasi einen Türöffner zu allen Herzen. Sie verstand es, mit Menschen umzugehen. Bei Konflikten zwischen zwei Kontrahenten fungierte sie meist als Vermittlerin, wobei die Lösung von ihr immer auf eine einfache Formel gebracht wurde, unkompliziert wie sie selbst es war. Wie oft hörte man sie sagen: ›s'ist wie's ist‹, ›*da müssen wir durch, koste es, was es wolle*‹, während sie dabei mit dem Zeigefinger unter dem abgespreizten Arm hindurchdeutete. Ebenso waren: ›*morgen lachen wir darüber*‹ oder ›*es hätte schlimmer kommen können*‹ ihre bevorzugten wiederkehrenden Kommentare. Sie sah nicht alles tierisch ernst, ihr Fokus war eher auf die helle Seite des Lebens gerichtet und so war sie auch stets der Mittelpunkt, um den sich alle scharten.

Es war genau diese unkomplizierte Art, die auf Freddy immer schon eine Anziehungskraft ausübte. Ihr gerechtes und kluges Urteilsvermögen, nötigte jedem Beteiligten respektvolle Achtung ab. ›*Hiermit verleihe ich Ihnen feierlich, sehr verehrte Freundin Sylvie Kannemaker, das ehrenvolle Prädikat SALOMONISCHE PROBLEMLÖSERIN*‹, hatte er einmal nach einer erfolgreichen Schlichtung scherzhaft zu ihr gesagt, was sie, ebenso scherzhaft konterte: ›*Und ich verleihe Ihnen, Euer Ehren und bester Freund, Frederik Hartl, den nicht ganz so rühmlichen Titel des unverbesserlichen Draufgängers, der immer auf Abenteuer aus ist*‹. Ja, schlagfertig war sie auch noch, was sie nur noch begehrenswerter machte. Und was das Draufgängertum anbelangte, wusste er, dass Sylvie recht hatte. Er suchte bei Unternehmungen immer die abenteuerliche, gefährlichere Variante, als andere.

Er mochte Sylvie schon immer. Die beiden waren schon in der Schule ganz früh – sie waren fast noch Kinder – ein Paar und sie passten auch bestens zusammen. Sylvie war von zierlicher Statur, ›*klein aber fein*‹, wie Freddy immer sagte. Ebenso war er selbst, von eher kleinem und schlankem Wuchs und durchtrainiertem Körper. Und nicht nur das, sie hatten beide sogar fast die gleiche Haarfarbe (Freddys Haare waren vielleicht eine Nuance dunkler, als die von Sylvie), und er hatte blaue Augen, die mit denen von Sylvie um die Wette strahlten.

Ja, sie waren als DAS Liebespaar schlechthin bekannt, ein Team mit gemeinsamen Plänen. Beide wollten sie in Mannheim Betriebswirtschaft & Wirtschaftspsychologie studieren und wen wunderte es, dass sie bei so vielen Gemeinsamkeiten auch das Abitur mit gleicher Note, 1.5, abschlossen. Sylvie erreichte mit 750 Punkten sogar zehn Punkte mehr als Freddy.

Beide hatten nach dem Abi jedoch beschlossen, sich für eine gewisse Zeit zu trennen, indem sie, jeder für sich separat, ein Auslandsjahr planten. Sylvie wollte über ›Work & Travel‹ Freiwilligenarbeit in Neuseeland leisten. Auf diese Weise wollten sie auch erfahren, ob ihre Liebe über Distanzen standhielt und zwar so, dass es für eine gemeinsame Zukunft reichte.

Doch diese beiden waren nicht die einzigen, die nach der Schule, erst einmal im Ausland Erfahrungen sammeln wollten. Ebenso hatten Patrizia Kraus, genannt Patty und Anita Schmied bei Work & Travel gebucht. Patty wollte nach Kanada und Anita nach Peru.

Patty gehörte zu den Menschen, die alle möglichen Vorzüge auf sich vereinte; nicht nur, dass sie ein ausgesprochen schönes Mädchen war, das schönste überhaupt von allen – ihre Gesichtszüge waren so schön, dass nicht einmal ein Grimassenschneiden sie entgleisen ließen – nein sie hatte mit 860 Punkten, was einer 1.0 entsprach, nach Kai Isenloh das beste Abiturzeugnis. Doch ihr war klar, dass, sich mit dem hochbegabten Kai zu vergleichen, eine Anmaßung gewesen wäre. Kai brauchte nicht zu büffeln. ›*Er hat es einfach in der Birne*‹, hatte Felix Kais Begabung kurz gefasst.

Ja, in der Tat, der erst 16jährige Kai schaffte seinen Abschluss mit 899 von 900 Punkten und erhielt die Traumnote 0.7. Man hätte es nie geglaubt und ihm schon gar nicht zugetraut, wenn man dem zahnspangentragenden noch kindlich wirkenden, schlaksigen und schwächlichen Jungen mit den Segelohren und der Brille auf der Nase gegenüberstand. Sein wirres schwarzes Haar wirkte so, als hätte es nie eine Haarbürste gesehen. Aufgrund seines Aussehens gepaart mit seiner Sprachhemmung – der Grund, warum er nie viel sprach – hatte man immer das Gefühl, einem geistig Behinderten gegenüberzustehen. Er war schon seit jeher ein Sonderling. Erst nachdem soziale und psychische Probleme auftraten, wurde irgendwann, über den Umweg einer Lernschwächediagnose, seine Hochbegabung erkannt. Je fortgeschrittener sein Alter – er war damals schon in der vierten Klasse – desto stärker entwickelte er Probleme im sozialen Umfeld. Nach einem Gutachten von zwei Lehrkräften, die den Jungen als ›lernschwach‹ einstuften und einer weiteren Untersuchung durch das Gesundheitsamt, sah man Förderbedarf. Die Kriterien, die zu dieser Entscheidung führten, lauteten: ›*mangelnde geistige, körperlich-motorische und sozial-emotionale Entwicklung*‹. Und so wurde er in eine Sonder-/Förderschule gesteckt. Erst dank eines aufmerksamen Sonderpädagogen dieser neuen Schule, der sich eingehend mit Kai befasste, mit ihm sogar teilweise im Einzelunterricht arbeitete, wurde die Hochbegabung, die ja schon immer vorhanden war, festgestellt und bestätigt.

Jetzt, am Ende der Schulzeit, bei der Reifeprüfung, war er mit 16 unter den 18- und 19jährigen Abiturienten der jüngste, weil er Klassen übersprungen hatte.

Er war noch zu sehr Kind, als dass die Kameraden ihn als ihresgleichen hätten akzeptieren können und dennoch gehörte er dazu. Denn er war nicht einfach nur ein Kind, sondern ein Kind mit dem Gehirn eines

Genies. Das war Befähigung genug, ein Elitemitglied zu sein. Dennoch, Felix konnte Kai nie richtig ernst nehmen. Er fand, dass das Babyface mit Ohren, die ihn schon beinahe zum Fliegen befähigten, eigentlich in der Gruppe nichts verloren habe. Kai passe hier nicht rein, meinte Felix. Vermutlich hatte er auch einen Minderwertigkeitskomplex gegenüber diesem hochbegabten Babyface. Auch wenn Felix intelligent war, so musste er sich dennoch für seine mittelmäßigen Leistungen stets auf den Hosenboden setzen und lernen. Und diesem Kind, mit seiner Hyperintelligenz, fiel alles einfach so zu. Kai schwebte immer in höheren Sphären, in für das Normalvolk unerreichbaren Welten.

Er spielte sein großes Wissen aber nie aus. Im Gegenteil, leistungsschwache Kameraden durften mit seiner Unterstützung rechnen. Seine Hilfsbereitschaft war beispiellos.

Er sei ein komischer Kauz, ein schizophrener Psycho, und ein armer Irrer, weil er viel zu gutmütig sei, resümierte Felix abfällig Kais Eigentümlichkeit. Dass die Sache mit der Schizophrenie gar nicht so weit hergeholt war, konnte er nicht wissen und ebenso lag er mit Letzterem ›*die übertriebene Gutmütigkeit*‹ nicht wirklich daneben, denn Kais Hilfsbereitschaft wurde schon gerne mal ausgenutzt.

Seit seiner Kindheit ist Kai stark kurzsichtig. Er musste schon sehr früh eine sehr starke Brille tragen. Das hatte natürlich das Bild, das Felix sich von Kai zurechtgelegt hatte, nicht gerade entschärft.

Die nächste in der Elitegruppe war, wie schon erwähnt, Anita Schmied. Eine durchschnittlich aussehende Schülerin, die aber die Vorzüge ihres Typs mit großem Geschick bestens herauszustellen wusste; Trotz ihrer geringen Körpergröße und ihrer zierlichen Statur war sie ein Alphatier und zeigte Dominanz. Vor allen Dingen besaß sie viel Geschick im Umgang mit Menschen. Logisches Denken und Schlussfolgern waren ihre Vorzüge. Außerdem war sie musisch äußerst begabt. Sie hatte das absolute Gehör und spielte hervorragend Geige und Klavier. Die Fäden wusste sie gerne in ihren Händen. Sie war ein wahres Organisationstalent, und daher wurde sie auch zur Klassensprecherin gewählt. Ihre soziale Ader ergriff gerne Position für Benachteiligte. Und eben genau in dieser sozialen Ader fußte auch ihr Berufswunsch einer ›Sozialarbeiterin‹. Doch zuvor wollte sie in Peru Auslandserfahrung sammeln. Sie war sehr ehrgeizig, und war mit ihrer 1.5 Abiturnote nicht wirklich zufrieden.

Und die siebte im Bunde der Elite war Renée Müller. Sie war ein richtiges Vollweib mit Rundungen, die sich sehen lassen konnten. Leider hatte sie aber auch immer gegen Übergewicht zu kämpfen.

Natürlich war sie ebenfalls eine ausgesprochen gute Schülerin und gehörte zum Club der ›*Glorreichen Sieben*‹. Doch ihr Notendurchschnitt von 1.6 stellte den Ehrgeiz dieser jungen Schülerin nicht wirklich zufrieden. Sie hätte von ihrer Intelligenz her auch eine 1.0 schaffen können. Aber sie meinte, dass sie in schlechter Verfassung gewesen sei, und dadurch so manches vergeigt habe. Sie stellte immer schon sehr hohe Ansprüche an sich selbst und natürlich auch an andere. Ihr Charakter zeichnete sich aus durch hohe Durchsetzungsfähigkeit gepaart mit einer natürlichen Autorität.

Selbstverständlich waren diese Eigenschaften beste Voraussetzungen für eine Lehrerlaufbahn, und es hätte wohl sehr verwundert, wenn dieser Berufswunsch nicht immer schon in ihrem Hinterstübchen omnipräsent gewesen wäre?

Was den Umgang mit ihr manchmal etwas erschwerte, war, dass sie recht stur sein konnte, besonders wenn es darum ging, ihre eigenen Ideen durchzusetzen. Mit einer Leidenschaft konnte sie andere bevormunden und nach Oberlehrermanier gegen Vorschläge, die nicht annähernd ihren eigenen Vorstellungen entgegenkamen, argumentieren. Doch, auch wenn es manchmal krachte, so war es nie von Dauer, denn Renée selbst war absolut nicht nachtragend und die Schulfreunde ihr gegenüber ebenso wenig; daher war auch immer gut mit ihr auszukommen; außerdem war sie sehr hilfsbereit, sagte nie nein, wenn jemand etwas von ihr wollte. Und sie war auch sehr großzügig, gab immer mit vollen Händen. Kurz, niemand konnte so richtig böse auf sie sein. Jeder mochte diese resolute Renée. Der Sprücheklopfer Felix hatte natürlich auch für Renée eine passende Losung. Er meinte, dass ›*wenn es Renée nicht gäbe, sie erst erfunden werden müsse, denn sie sei unverzichtba*r.‹

Diese eingeschworene Gruppe war, mit ihren jeweiligen Begabungen, eine gute Mischung an Charaktere, wie sie unterschiedlicher nicht hätten sein können. Und die Gruppe war respektiert an der ganzen Schule, und das während der ganzen Schulzeit. Sie waren sozusagen die Stars.

In ihrer Laudatio im Rahmen des Verabschiedungsfestaktes würdigte Frau Dr. Dagmar Dom, Direktorin des Gymnasiums, nicht nur die hervorragenden Leistungen einzelner, sondern auch den vorbildlichen Umgang untereinander und den beispiellosen Zusammenhalt dieser Klasse, wie sie es in ihrer langjährigen Praxis in der Art noch selten erlebt habe. Diese Klasse sei eine Freude gewesen, betonte sie, und die sechs besten Schüler hätten den Ehrgeiz ihrer Kameraden regelrecht angestachelt und sie zu persönlicher Bestleistung angespornt.

Dass nicht immer alles harmonisch verlief, dass nicht immer alles Friede, Freude, Eierkuchen war, konnte Frau Dr. Dom natürlich nicht wissen. Doch das war hier bei der Ehrung auch gar nicht wichtig.

2
21. Dezember 2009

Felix war der erste, der am 21. Dezember bei Sylvie und Freddy eintraf. Die Haustüre am Eichwald wurde mit einem Türstopper offengehalten, damit die Freunde gleich in den ersten Stock heraufkommen konnten.

»Hey Freddy, altes Haus«, begrüßte Felix seinen Freund mit überlauter Stimme. Sie umarmten sich und Felix klopfte seinem Schulfreund kumpelhaft auf die Schultern. Der zierlich gebaute Freddy musste auf die Zehenspitzen stehen, um seinen breitschultrigen Freund mit nur einem Arm zu umarmen, denn in der anderen Hand hielt er ein Glas Campari Orange.

»Bin ich wohl der erste, was?«, fragte Felix mit seiner kräftigen Stimme, die schallend durchs Treppenhaus tönte?

Die Elitegruppe der Abiturklasse hatte damals, 2005, beschlossen, dass sie sich alle fünf Jahre für einen noch zu bestimmenden Ausflug, der demokratisch beschlossen werden sollte, treffen wollten. Freddy übernahm die Aufgabe, die Leute anzuschreiben. Deshalb wurde auch vereinbart, dass alle Gruppenmitglieder sich bei Sylvie und Freddy zu Hause trafen.

»Ja, du bist der erste. Das warst du doch schon immer, wenn irgendwo etwas los war«, lachte Freddy, »Renée und Kai müssten aber jeden Moment hier aufkreuzen. Renée hatte nämlich vor einer halben Stunde von unterwegs angerufen. Sie sagte, dass sie noch im

Zug Kassel/Basel sitzen, gerade in Freiburg einfahren und dort umsteigen würden.« Er überging Felix' mokantes Grinsen und hielt sein Glas Campari-Orange, zum Salü in die Höhe: »Dein Glas wartet drinnen auf dich«, versprach er, um einem möglichen spitzen Kommentar von Felix, warum er denn nur ein Glas mitgebracht habe, zuvorzukommen. Doch der spitze Kommentar kam, wie das Amen in der Kirche. Es war aber nicht das fehlende zweite Glas, das ihn dazu animierte, sondern der zuvor genannte Name ›Kai‹, was zuvor auch Auslöser für das mokante Grinsen war.

»So, so der Kai! ... unser Baby-Cleverle, sitzt im Zug ... will also auch mit nach Fuerteventura.«

»Klar doch, warum auch nicht? Kai ist Teil von uns, so wie du auch. Und außerdem ist er der Hauptorganisator der diesjährigen Reise; das weißt du doch. Ach, und wenn wir gerade dabei sind: du dürftest etwas mehr Respekt an den Tag legen. Kai ist nicht mehr das kleine, zahnspangentragende Bubi von einst. Er ist mittlerweile zwanzig Jahre alt und ein gestandener Mann. Über das von ihm vorgeschlagene Reiseziel ›Fuerteventura‹ wurde demokratisch abgestimmt und von allen unisono angenommen, das heißt, er muss sowieso dabei sein, weil er alles kennt.«

»Du weißt aber, dass ich mich der Meinung enthalten hatte. Warum ausgerechnet Fuerteventura, diese Wüsteninsel? Nur Sand und Steine, sonst nichts. Aber nun, ich fügte mich halt der Mehrheit. Was den anderen recht ist, soll mir billig sein. Außerdem, ist es ja auch schnurzegal, wo wir unsere Woche zusammen verbringen. Hauptsache wir unternehmen etwas und es wird lustig, mehr wollen wir ja nicht«, gab Felix klein bei.

»Im Nachhinein stänkern, gilt sowieso nicht«, verkündete Freddy das ungeschriebene Gruppenverhaltensgesetz, »auf jeden Fall war Kai schon ein paar Mal dort, er kennt sich gut aus und er wollte uns die Insel einfach mal zeigen und näherbringen und natürlich die Begeisterung dafür wecken. Er sagte nämlich, dass Fuerteventura phantastische Wandermöglichkeiten biete. Und er schwärmt sogar: ›*einmal Fuerteventura, immer Fuerteventura.*‹ Und wie ich schon erwähnte, hat er alles für die Reise organisiert. Wir müssen uns um nichts kümmern, dürfen also nur hinterherlaufen.

»Ach, da ich doch so gerne wandere«, spöttelte Felix und zeigte dabei ein widerwilliges Gesicht.

»Ja, ja, ich weiß schon, du hättest am liebsten Non-Stopp Fete«, brachte Freddy es auf den Punkt.

»Oh, woher wusstet du das?«

»Ich kenne dich doch. Aber ich denke, dass auch das nicht zu kurz kommen wird. Immerhin feiern wir ja zusammen Silvester.«

Felix grinste zufrieden. Er sah nämlich bei der Aussicht auf ein ausgelassenes Feiern seine Chance, Patty endlich etwas näher zu kommen. Auf sie hatte er es eigentlich immer schon, wenn auch damals erfolglos, abgesehen.

»Aber komm, lass uns erst mal reingehen, und du erzählst mir, was du bis jetzt so getrieben hast«, änderte Freddy abrupt das Thema.

Im Wohnzimmer nahm Felix erst mal einen kräftigen Schluck vom offerierten Campari Orange.

»Na, und wo ist deine Holde?«, fragte er neugierig.

»Sylvie wird gleich kommen, sie ist noch im Bad und zieht sich an«, gab Freddy brav Auskunft, »aber jetzt erzähl erst einmal. Wie geht es dir? Was machst du so?«, bedrängte Freddy seinen Freund erneut.

»Ich bin wohl der einzige, von uns allen, der eine abgeschlossene Berufsausbildung hat und sein Leben selbst bestreiten kann. Du weißt, ich war noch nie ein Lerntyp, nie ein Typ, der die Zeit mit ewig langem Studieren hätte verplempern wollen. Ich war froh, endlich die Schulbank verlassen zu dürfen, um mich gleich ans Geldverdienen zu machen. Nach meiner dreijährigen Ausbildung bin ich heute Game-Designer und dazu noch ein erfolgreicher. Ich verdiene gutes Geld. Wohnen tue ich seit drei Jahren in Lörrach. Und du? Wie sieht es bei dir aus? Du hattest ja damals gesagt, dass du längere Zeit ins Ausland wolltest. Da hast du doch sicher einiges erlebt.«

In diesem Moment betrat Sylvie das Wohnzimmer. »Mmh, der Liebreiz in Person«, kommentierte Felix Sylvies Eintreten in seiner charmanten Art.

Sylvie lächelte, ließ diese Feststellung aber kommentarlos stehen; mit einem letzten Handgriff band sie ihr blondes Haar zu einem Pferdeschwanz zusammen und begrüßte dann den Baum von Mann, indem auch sie sich auf ihre Zehenspitzen stellen musste, um ihn mit Küsschen willkommen zu heißen. Sie lachte, »auch wenn man dich nicht sieht, Felix, hören tut man dich allemal. Deine Stimme ist sowas von durchschlagend.«

»Ich konnte zwar schulisch nie mit euch mithalten, doch habe ich mit meiner Stimme immer alles erreicht, was ich wollte. Ist auch ein Privileg, oder?« rückte er seine laute Ader ins rechte Licht.

»Ja, absolut«, gab Freddy ihm schmunzelnd recht, »du hast es sogar geschafft, dir in unserer Gruppe einen Platz einzuheimsen. Da gab's nämlich noch einige kluge Köpfe, die gerne dazugehört hätten. Aber, wie du ja gesagt hast, Felix, wer hat der hat, und wenn's nur eine kräftige Stimme ist.«

»Nun, das hättest du mir jetzt aber auch etwas charmanter beibringen dürfen«, spielte Felix den Eingeschnappten.

»Felix, bist du in den letzten fünf Jahren zum Sensibelchen herangewachsen?«, frotzelte Freddy, »dann ergänze ich meine Rede natürlich gerne um weitere Attribute ›... *und ein selbstsicheres humorvolles Auftreten*‹.«

»Okay, akzeptiert. Dachte ich's mir doch, dass ich außer einer guten Stimme noch weitere Vorzüge haben muss. Und sind wir doch mal ehrlich: die anderen in der Klasse waren doch alle mehr oder weniger Memmen. Da hätte doch keiner richtig dazu gepasst.«

»Hej, Felix, mach die anderen nicht schlechter, als sie waren. Da waren einige dabei, die ganz schön was auf dem Kasten hatten und auch sympathisch waren«, protestierte Sylvie.

Bevor die anderen Gruppenmitglieder eintrudelten, erfuhr Felix dann noch von den Erfahrungen, die Sylvie und Freddy im Ausland sammeln konnten, und dass beide nach ihrer Rückkehr ihr siebensemestriges Bachelor-Studium Betriebswirtschaft & Wirtschaftspsychologie in Mannheim begonnen und inzwischen fast schon sechs Semester erfolgreich hinter sich gebracht hatten.

»Wow, Respekt«, kommentierte Felix Freddys sachliche Berichterstattung und pfiff dabei anerkennend durch seine geschürzten Lippen, »ja, und wie ich sehe, seid ihr immer noch ein Paar. Schön, schön, wie so eine Schulliebe doch von Dauer sein kann. Meine Mädels hatte ich nie sehr lange. Und die eine, die ich wollte, hielt mich auf Abstand. Tja und jetzt bin ich noch als ganzer Kerl zu haben.«

Es klingelte und diesmal ging Sylvie, um zu öffnen. Vor der Türe standen der schmächtige Kai und neben ihm die ihn körperlich überragende Renée. Man konnte Renée nicht als dick bezeichnen. Ihr Körperbau war so etwas zwischen kräftig und ein bisschen rundlich, dafür gab der zu ihrem Typ passende asymmetrische Bob ein schmissiges Aussehen. Wie zuvor bei Felix, folgte eine überschwängliche, freudige Begrüßung, etwas dominanter von Renée als von Kai, und das auch nicht ganz so lautstark wie zuvor bei Felix. Lautes Lachen und Begrüßungsfloskeln drangen bis zu den beiden im Wohnzimmer Wartenden.

»Wow, schön wohnt ihr«, rief Renée begeistert aus, als sie eintrat. »So schön groß und hell eure Wohnung. Wenn ich da an meine dunkle Mansarde in Kassel denke. Da könnt' mich grad der Neid packen.«

»Na, bei Freddys Vater kein Wunder. Das ganze Haus hier gehört nämlich ihm; und tröste dich, meine Liebe, in Mannheim in ihrer WG wohnen die beiden bestimmt auch nicht so feudal, wie hier«, versuchte Felix Renées Euphorie zu bremsen.

Der schmächtige Kai, der schon immer eine ruhige Art hatte, sagte nicht sehr viel. Er begrüßte die Leute freundlich, doch mit gewohnter Zurückhaltung. Heimlich nahm er dennoch auch bewundernd Augenschein des sichtbaren Teils der Wohnung.

Mit den Worten »Hallo Sportsfreund«, gab Felix ihm einen freundschaftlichen, doch derart kräftigen Schlag auf den Rücken, so dass Kai seinen Stand verlor und mit vornüber geneigtem Oberkörper einen Ausfallschritt nach vorne machte. Seine Brille wäre ihm beinahe von der Nase gerutscht.

»Sag mal, geht's auch ein bisschen weniger holprig, du Holzhacker?«, fragte Kai durch diesen Gewaltakt ziemlich genervt.

»Oh sorry Kai, war wohl ein bisschen zu kräftig, was?« Er blickte Kai an, und staunte, wie dessen Gesicht durch die Brillengläser um die Schläfen wie zusammengedrückt und die Augen verkleinert, wie auf die Gläser projiziert, wirkten. »Sag mal, deine Brillengläser sehen ja aus wie Flaschenböden, so dick sind die. Viel dicker als damals. Du musst ja fast blind sein.«

Kais Höflichkeit gebot ihm, trotz der rauen Begrüßung, freundlich zu antworten: »Ja, leider haben sich meine Augen sehr verschlechtert, ich bin jetzt bei minus zehn Dioptrien«, bedauerte Kai seine extreme Sehschwäche.

Felix war schon wieder auf seiner alten Schiene von damals: »Siehst halt schon ein bisschen bekloppt aus, mit dieser Brille«, frotzelte er in seiner holprigen Art über Kais Aussehen. Kai senkte betroffen seinen Blick.

»Besser bekloppt aussehen, als bekloppt daherreden, Felix«, mischte sich Renée nun ein, die die beiden aus ihren Augenwinkeln beobachtet hatte. »Ich schlage vor, dass wir, nachdem wir uns fünf Jahre nicht mehr gesehen hatten, etwas stilvoller, wie Erwachsene, miteinander umgehen könnten, was meinst du?«. Sie richtete ihre Frage direkt an Felix, »oder willst du mit der alten Manier des Rotzjungen von damals, vor fünf Jahren, weiterfahren?«

Ja, aus ihr sprach ganz klar die angehende Lehrerin. Renée hatte zum Wintersemester 2006 an der Universität Kassel ihr neunsemestriges Lehramtsstudium L3 – Lehramt an Gymnasien – begonnen. Inzwischen hatte sie einige Semester erfolgreich hinter sich gebracht. Doch auch ohne dieses Studium hätte sie von der Art und ihrer Autorität her eine hervorragende Pädagogin abgegeben.

Wäre Anita mit ihrer sozialen Ader auch schon dagewesen, hätte die vermutlich ebenso Partei für Kai ergriffen.

Felix hielt beide Hände, mit den Handflächen nach oben zeigend, beschwichtigend in die Höhe. »Ja, ja, ist schon gut«, kommentierte er die Leviten, die Renée ihm eben gelesen hatte. »Ich werde brav sein«, bei diesem Satz lachte er schon wieder ziemlich verschmitzt. »Ich verstehe ja, dass du dein Herzblatt verteidigen musst.«

»Quatsch! Was soll das denn schon wieder?«, widersprach Renée energisch.

»Na ja, wie ich mitbekommen habe, seid ihr ein Paar. Freddy sagte mir, dass ihr beide in Kassel studiert und zusammen im Zug hergereist seid.«

»Du spinnst doch hochgradig Felix. Aus dieser Tatsache, dass wir im selben Zug saßen, zu schließen, wir seien ein Paar, ist doch absurd. Wenn wir schon beide zufällig in Kassel studieren, wobei nicht mal genau am selben Ort, bot es sich schließlich an, zusammen zu reisen, oder nicht?«

»Ah, ihr seid nicht an derselben Uni?«

»Na ja, die Uni Kassel ist groß. Kai studiert Mathematik und ich Lehramt für Gymnasien, und wir sind so weit auseinander, dass wir uns selten begegnen.«

Für Kai indes, war der Verlauf dieses Gesprächs höchst unangenehm. Er war schon von der Schule her gewohnt, dass dieser Baumstamm von Kerl in ihm den kleinen schmächtigen Bubi sah und ihn noch nie ernst genommen hatte. Er ärgerte sich auch über sich selbst, dass er so tollpatschig war, indem er statt sich selbst zu verteidigen, brav über seine Sehschwäche Auskunft gab. Und dann dieser Protest von Renée ›*Du spinnst doch hochgradig. Aus dieser Tatsache, dass wir im selben Zug saßen, zu schließen, wir seien ein Paar, ist doch absurd*‹, zeigte ihm schmerzhaft, wie absurd man es fand, er könnte eine Beziehung zum anderen Geschlecht eingegangen sein. Weil er sich so unbeholfen im sozialen Umfeld benahm, traute ihm einfach niemand eine Beziehung zu einer Frau zu. Und wenn er ehrlich war, fiel es ihm auch schwer. Er fragte sich immer wieder, was ihm diese außergewöhnliche Intelligenz eigentlich nutzte, wenn er fürs Leben untauglich war. Sein Leben war eine einzige Frustration, ein Leben, an dem er keine Freude fand. Seelisch war er ein Wrack, und seit längerer Zeit befand er sich in psychotherapeutischer Behandlung.

In Kassel gab es zumindest eine Kommilitonin, die ebenso höchst begabt war. Sie hieß Sarah Deichmann. Diese junge Frau erkannte und schätzte seine Qualitäten und fühlte sich zu diesem intelligenten, stillen, bescheidenen und unauffälligen jungen Mann hingezogen. Und so wurden sie sehr gute Freunde. Sie studierten im selben Studiengang und arbeiteten auch viel und eng zusammen, und beide strebten sie ein gemeinsames Ziel, eine Professur, an.

Kai genoss es, endlich jemanden zu kennen, der ihn respektierte und annahm, wie er war, auch wenn es vielleicht keine Liebe war, dass sie sich zu ihm hingezogen fühlte, sondern einfach nur Sympathie und große Bewunderung. Mit ihr konnte er auf hohem Niveau diskutieren; in ihrer Gegenwart fühlte er sich stark. Natürlich war sie mit ihren 24 Jahren um einiges älter als er, und so erachtete er es als vermessen, zu hoffen, es könnte daraus mehr entstehen, als nur schlichte Sympathie. Das war halt eben auch sein Dilemma, dass er immer und überall der Jüngste war, weil er immer alles im Schnelldurchlauf schaffte.

Erneut ertönte die Türglocke

»Oh, lass mich die Türe öffnen, Sylvie. Jetzt kommt sicher unsere Schönheitskönigin«, äußerte Felix den Wunsch, um von weiterer Schelte durch Renée abzulenken. Und seinem größten Schwarm der Schulzeit wollte er höchst persönlich die Türe öffnen. Auch wenn seine Bemühungen um ihre Gunst damals erfolglos blieben, hatte er doch schon seit jeher den Leitfaden ›*man darf die Hoffnung niemals aufgeben*‹ sein eigen genannt.

»Geh nur«, antwortete Sylvie. Felix stürmte los und alle anderen harrten der Dinge, die jetzt bei der Begrüßung folgen würden.

Felix öffnete die Türe und es stand, wie erwartet, Patty davor. Sie hatte ihr sonst hellbraunes Haar fast weißblond gefärbt und trug einen rassigen Kurzhaarschnitt, mit Haarwachs in struwwelige Form gezupft. Der neckische Wirbel am Stirn-Haaransatz, gab der Frisur noch zusätzlich einen kecken, leicht frechen Anstrich. Als Felix Patty sah, verschlug es ihm, ob dieser schönen Erscheinung, zuerst einmal die Sprache. Er, der sonst nie um Kommentare verlegen war, musste da doch erst einmal schlucken, bevor er seine Begrüßung in Worte fassen konnte.

»Wow«, war das einzige, was er für den ersten Moment herausbrachte, während er mit bewundernden Augen wie ein Scanner Pattys schlanke, perfekt geformte Figur abtastete.

»Hej Felix, hat es dir die Sprache verschlagen?«, kam Patty ihm zuvor, während ihre schönen großen Augen ihn anstrahlten.

Im Wohnzimmer indessen war es still. Kein Laut war zu hören, denn alle Anwesenden lauschten gespannt, was Felix wohl wieder zum Besten geben würde.

»Ja, schon ein bisschen«, gab Felix kleinlaut zu. Er, der eigentlich immer ein paar Sprüche auf Lager hatte, mochte solche Situationen, die dafür sorgten, dass ihm die Worte ausgingen, nicht. Jetzt musste er etwas sagen, sonst stand er ja wirklich da wie ›*Pic doof*‹. »Hi Prinzessin. Schöner denn je«, na ja, der Kommentar war ja auch nicht gerade der Hit; gar nicht egozufriedenstellend. »Wenn ich alles erwartet hätte, aber nicht ein solches Klasseweib.« Oh, schon der erste Patzer. »Ähm, ich meine natürlich, du warst schon immer toll, aber jetzt mit dem total anderen Stil … ich bin platt.«

»So, nun genug der Lobhudelei«, schwenkte sie um,

umarmte ihn und begrüßte ihn herzlich. »Sind die anderen schon alle da?«

»Anita fehlt noch. Dann sind wir komplett.«

Gemeinsam gingen sie ins Wohnzimmer. Auch dort machte sich Verblüffung über Pattys Erscheinung breit. Patty schaute in die Runde und amüsiert betrachtete sie die staunenden Gesichter. ›*Was doch eine Typveränderung alles bewirken kann*‹, dachte sie bei sich. Dann schließlich begrüßte sie ihre Kommilitonen der Schulzeit mit einem freudigen »Hallo. Ich bin ja froh, dass ich nicht die Letzte bin, wo ich doch, nach Felix, den kürzesten Anfahrtsweg hatte. Du bist doch noch in der Region geblieben, Felix, oder liege ich falsch?«

»Nein du liegst vollkommen richtig«, antwortete er, immer noch unter dem Eindruck der Verblüffung über Pattys unerwartete Veränderung.

»Nun, auf jeden Fall wäre es mir peinlich gewesen, wenn ich, so nah bei Müllheim zu Hause, die Letzte gewesen wäre«, sagte sie mit einem schelmischen Unterton.

»Hat dich wohl das Medizinstudium festgehalten?«

»Oh Freddy, du bist nicht auf dem neusten Stand. Ich habe mein Medizinstudium geschmissen. Mein erstes Semester hatte ich schon hinter mich gebracht, da habe ich festgestellt, dass Medizin nicht so mein Ding ist. Außerdem, ein Arzt in der Familie reicht vollauf. Ich brauchte einfach etwas anderes.«

»Oh je, da hast du aber Zeit verloren«, gab Freddy zu bedenken, »du warst ja auch ein Jahr in Kanada, oder nicht?«

»Doch, doch, Kanada zog ich durch. Dieses Jahr in Kanada möchte ich auch nicht missen. Ich hatte sogar zuerst in Kelowna im Krankenhaus gearbeitet und dann im Eisenbahnmuseum in Revelstoke. Beides hatte mir Spaß gemacht. Zurück in Deutschland, begann ich dann mein Medizinstudium, bis ich merkte, dass ich keine Medizinerin bin. Eigentlich war es mehr der Wunsch meines Vaters als meiner. Er hätte mich gerne als Nachfolgerin für seine Praxis gesehen. Ja, und dann ging es ziemlich zügig. Im Sommer bewarb ich mich an der Uni Freiburg, hatte aufgrund meines Abiturzeugnisses beste Voraussetzungen und immatrikulierte zum Wintersemester in den Studiengang Umweltwissenschaften, mit den Kombinationsfächern Meteorologie und Klimatologie. Und, was dein angesprochener Zeitverlust anbelangt: drei Semester von sechs habe ich fast hinter mich gebracht, das heißt ich beginne im Sommer das vierte Semester. Also, wie du siehst, kein wirklicher Verlust. Alles noch im grünen Bereich, ich bin schließlich noch jung. Außerdem finde ich es reizvoller, so in der Nähe meines Heimatortes zu studieren.«

»Schade«, sagte Felix lakonisch zu Patty.

»Was meinst du damit? Was ist schade?« Patty zog bei dieser Frage ihre Stirn kraus, »schade, dass ich nun in der Nähe studiere?«

»Nein, nein, das finde ich klasse, da könnten wir uns vielleicht mal kurzfristig verabreden. Aber ich meinte, es ist schade, dass du ausgerechnet das Medizinstudium geschmissen hast. Du hättest doch sicher eine tolle Medizinerin abgegeben. Weißt du, ich suche noch immer eine gute Hausärztin. Dir würde ich mein uneingeschränktes Vertrauen schenken«, schmeichelte Felix.

»Zu dumm, Felix. Eigentlich wollte ich mich, hätte ich weitergemacht, auf Gynäkologie spezialisieren«, konterte sie schelmisch. In Wirklichkeit wäre Gynäkologie das Letzte gewesen, was sie gewollt hätte. Sie tendierte eher zur Augenärztin, auch wenn die Praxis ihres Vaters, die sie übernehmen sollte, den HNO-Fachbereich abdeckte. Die Gynäkologin schob sie nur als kleine Gemeinheit für Felix vor. »Hausärztin, Felix, nein, das hätte mich nicht gereizt«

»Was? Bist du verrückt? Gynäkologin? Damit wärst du der Männerwelt ja total verloren gegangen.«

›*Zweck somit erfüllt*‹, dachte sie. »Du bist nie um eine Antwort verlegen, was Felix? Aber nach deinen Kommentaren könnte man wirklich meinen, man komme dem anderen Geschlecht nur über eine Arztpraxis näher«, konterte sie geschickt. »Nun, als Umweltwissenschaftlerin bleibe ich der Männerwelt doch erhalten? Oder, was meinst du?«

»Wozu braucht man denn Umweltwissenschaften? Ich habe bis jetzt ohne sie gut gelebt.«

»Vielleicht sollte ich dich gerade da festnageln, bei der Bemerkung ›*bis jetzt*‹. Also, mein Lieber, ich erkläre es dir: die Experten, wie ich es dann sein werde, versuchen, auf den Umweltnaturwissenschaften aufbauend, die komplexen Interaktionen innerhalb von Ökosystemen und ihre Beziehung zum menschlichen Handeln herzuleiten. Der Studiengang bietet auch eine fachübergreifende Ausbildung an, die Kenntnisse über naturwissenschaftliche Grundlagen vermittelt, aber auch die Fähigkeit, die in der Umwelt ablaufenden Prozesse zu verstehen und zu analysieren. Das Schöne an diesem Studiengang ist der enge Praxisbezug. Das ist ganz nach meinem Gusto.«

»Den Praxisbezug habe ich auch ohne Studium; ich lebe schließlich in der Umwelt«, scherzte Felix, wurde aber handkehrum gleich wieder ernsthaft, »nee im Ernst, wie sieht der Praxisbezug im Studium aus?«

»Ja, wir machen zahlreiche Exkursionen und Geländeübungen. Auch Laborpraktika und Gastbeiträge aus der Berufspraxis würzen den Studiengang. Ja, es macht richtig Spaß. Dieses Studium ist auf jeden Fall mehr auf mich zugeschnitten als Humanmedizin.«

»Na ja, als Umweltexpertin, werde ich persönlich deine Dienste wahrscheinlich nie in Anspruch nehmen. Lieber nehme ich dich privat in der Gestalt der Schönheit in Person in Anspruch.«

Alle lachten und Felix redete unbeirrt weiter: »Na, wie sieht es morgen aus, Patty? Hast Du Lust und Zeit mit mir Essen zu gehen? Ich lade dich ein.«

»Das ist sehr lieb Felix, aber ich möchte die paar Tage, jetzt in der Adventszeit mit meiner Familie zusammen sein«, bedauerte sie ehrlich, denn sie mochte Felix wirklich sehr gern. Sie hätte sich auch vorstellen können, mit ihm eine Beziehung einzugehen. Doch während der Schulzeit, war er ihr zu sehr mit vielen anderen Mädchen beschäftigt, und manchmal störte sie auch sein vorlautes Verhalten. ›*Aber in diesem Punkt könnte ich ihn mir ja noch zurechtstutzen*‹, dachte sie so bei sich.

»Schade. Mit so einem Rasseweib an meiner Seite, könnte ich ein bisschen protzen«, schmachtete Felix.

»Du hast doch schon ein Rasseweib an deiner Seite,

und ich spiele nicht gerne die zweite Geige und schon gar nicht gefällt mir die Rolle einer Galionsfigur.«

Die erste Feststellung verwirrte Felix: »Wie kommst du darauf, dass ich ein Rasseweib hab, da ich doch immer nur auf dich gewartet habe?« Diese Aussage wiederum, war sehr beruhigend.

»Na ja, Randa. Sie ist doch ein rassiges Weibchen … ähm … natürlich ein REINrassiges Labrador-Weibchen. Ich erinnere mich doch richtig?«

Wieder lachten alle.

»Randa hat mich letztes Jahr verlassen. Sie ist im Hundehimmel«, erklärte Felix mit trauriger Stimme.

Abrupt hörte das Gelächter auf und die Kommilitonen blickten betreten drein, denn jeder wusste, wie sehr Felix an seinem Tier hing. In diesem Punkt war der schlagfertige, immer gerne auf Kosten anderer stichelnde Felix ein richtiges Sensibelchen. Patty, von Mitgefühl ergriffen, gab ihm ein Küsschen auf die Wange und flüsterte ihm ins Ohr: »Tut mir leid, Felix. Das hatte ich nicht gewusst.«

Die Türglocke ertönte. Sie war eine willkommene Ablenkung von der vorübergehend bedrückten Stimmung. Diesmal ging Sylvie wieder zur Türe. Anita, die direkt von Dortmund kam, wo sie sich an der Fachhochschule für ihren Traumberuf Sozialarbeiterin vorbereitete, war eben eingetroffen. Sie hatte sich hübsch zurechtgemacht. Ihr dunkelblondes, glattes Haar hatte sie zu einem Pferdeschwanz zusammengebunden, der ihr über den oberen Rücken fiel. Ihre grünen Augen waren dezent geschminkt. Zusammen betraten sie das Wohnzimmer und es folgte ein gesprächiges Durcheinander. Die Jungs quatschten für sich, während sich die Mädels von Anitas spannender Erzählung nach Peru entführen ließen. Anita hatte dort eine aufregende Zeit erlebt. Vor allen Dingen hatte sie eine interessante Aufgabe, die sie leidenschaftlich erfüllte. Sie unterstützte an einer Schule die Lehrkräfte, indem sie Kinder in Deutsch unterrichtete. Und innerhalb dieses einen Jahres schaffte sie es, in dieser Schule ein Schulorchester auf die Beine zu stellen. Ihre guten spanischen Sprachkenntnisse, die sie, dank ihrer spanischen Mutter, von Kindesbeinen auf erlernte und ihr absolutes Gehör und die damit verbundene Musikalität, kamen ihr dabei sehr zugute.

Wieder zurück in Deutschland begann sie Anfang 2007 ihr 12wöchiges Praktikum an einer sozialen Einrichtung. Ein solches Praktikum unter Anleitung von Fachkräften der Sozialen Arbeit musste sie als Nachweis für das Studium an der Fachhochschule Dortmund, wo sie noch Anfang September desselben Jahres mit dem Wintersemester begann, erbringen. Jetzt stand sie kurz vor Abschluss ihrer dreijährigen Ausbildung und sie freute sich auf ihren Beruf, wenn sie endlich auf diesem Gebiet tätig werden konnte.

»Umso mehr wundert mich aber, dass du, nachdem dir Peru so viel Spaß gemacht hatte, kein Musikstudium in Angriff genommen hast«, wendete Sylvie ein. »Mit deiner Fähigkeit, deinem absoluten Gehör, hätte sich dieser Studiengang doch förmlich aufgedrängt.«

»Ach Sylvie, warum soll ich etwas studieren, was ich schon von Kindesbeinen auf als Gabe mitbekommen habe und beherrsche? Meine musikalische Begabung, gepaart mit der Ausbildung zur Sozialarbeiterin, ist doch die ideale Kombination. Je nachdem, in welcher Institution ich arbeite, kann ich doch Beruf und Begabung gut verbinden und einsetzen.«

»So, Leute«, unterbrach Freddy die freudige Quasselrunde, »jetzt, da alle anwesend sind, können wir uns an die Arbeit machen. Kai, übernimmst du bitte«, übergab er das Wort an Kai.

Kai hatte gute Vorarbeit geleistet. Er hatte über eine Reiseagentur für alle eine günstige Pauschalreise gebucht. Darin inbegriffen waren der Flug, Halbpension im Royal Suite Hotel in Costa Calma und der Transfer vom und zum Flughafen und für ein paar Tage ein Mietauto. Das Hotel selbst war eine Anlage mit hübschen Apartments, die in Achterform angelegt waren. Die Schlaufen der Achten bildeten in ihrer Mitte jeweils kleine malerische Nischen, die wie heimelige Dorfplätze von kleinen geschlossenen Gemeinden wirkten.

»Wie gewünscht werden Anita mit Renée sowie Sylvie mit Freddy jeweils ein Apartment zusammen belegen. Felix, Patty und ich haben jeder ein Apartment für sich alleine.«

»Oh, Kai, hatte ich dir nicht gesagt, dass ich mit Patty ein Apartment teilen möchte?«, war Felix' Einwand gegen Kais Einteilung. In Wirklichkeit hatte er im Vorfeld mit Kai gar nicht darüber gesprochen.

Diese alberne Unterbrechung nervte Kai gewaltig, und er sagte etwas ungeduldig, »mach das nachher mit Patty aus«, und fuhr dann betont sachlich mit seinen Ausführungen weiter: »Das Hotel selbst liegt verkehrsgünstig. Für den Fußweg bis zur nächsten Bushaltestelle brauchen wir circa acht Minuten. Nach weiteren fünf Minuten sind wir auch schnell am Strand, sollten wir mal einen Strandtag einlegen wollen. Da dieser Urlaub aber kein Strandurlaub, sondern ein Wanderurlaub ist, habe ich dieses Hotel ohne Strandnähe gewählt, das dadurch auch etwas günstiger ist. Diese Tatsache, etwas vom Meer entfernt zu liegen, hatte das Hotel natürlich auch einen Stern gekostet. Es hat also nur drei, statt der verdienten vier Sterne«

Kai hatte diverse Ausdrucke mitgebracht, die er an alle verteilte. Auf Freddys Computer konnte er der Gruppe mit Google Maps die Hotelanlage, aus der Vogelperspektive zeigen. Auch einige Wanderungen, die er mit ihnen unternehmen wollte hatte er von oben gezeigt. Die Gruppe war zufrieden. »So, und nun noch die Details zur Durchführung: Abflug ist um 14:00 Uhr; Volker, der Freund meines Bruders und mein Bruder selbst, werden uns am 29. Dezember um 11:00 Uhr zum Flughafen nach Basel fahren. Wir treffen uns bei der Stadtkirche, bitte seid pünktlich! Ankunft in Fuerteventura ist 17:00 Uhr, fuertische Zeit. Am 9. Januar werden wir erst um 23:00 Uhr in Basel ankommen. Da wollte ich niemanden mehr mit Abholung belästigen. Ich habe dafür schon im Voraus ein Großraumtaxi bestellt.«

»Du sagtest eben fuertische Zeit. Gibt es eine Zeitverschiebung?«, wollte Patty wissen.

»Ja, eine Stunde liegt Fuerteventura hinter uns.«

»Dann fliegen wir also nur vier Stunden?«, überschlug Patty mal eben im Kopf.

»Ja, und mit Rückenwind geht's noch schneller. Ich hatte es schon einmal erlebt, dass wir nur dreieinhalb Stunden flogen«, erklärte Kai.

»Das ist ja wunderbar; dann haben wir nicht so'n Kram wie Jetlag, mit dem wir uns herumschlagen müssen. Das ist äußerst positiv«, kommentierte sie Kais Ausführungen.

»Vielleicht noch etwas zur persönlichen Ausstattung; was muss in den Koffer? Ihr braucht natürlich gute Wanderschuhe, die zieht ihr am besten gleich an, so beschweren sie nicht euer Reisegepäck. Auch wenn Fuerteventura als Insel des ewigen Frühlings gilt, kann es doch auch recht frisch werden, besonders abends. Mit Jacke oder Pullover seid ihr gut beraten; also nicht nur T-Shirts, kurze Hosen und Tops für die Mädels. Aber ganz wichtig ist noch, eine Windjacke einzupacken. Wenn wir nämlich in den Bergen sind, kann der Wind ganz heftig pfeifen, und der geht dann durch und durch. Ja, und last but not least, packt auch noch etwas Schickes in den Koffer, wir wollen nämlich im Hotel an der großen Silvesterparty teilnehmen.«

Felix war erst einmal platt. »Wow, Kai, großartige Organisation«, hatte er anerkennend festgestellt. »Und das Schönste daran, wir haben nichts zu tun, wir können uns einfach nur ins Vergnügen stürzen und hinter dir herlaufen. Du verdienst unsere Anerkennung, denn Du hast das wirklich klasse gemacht, danke.«

Kais Augen strahlten hinter der dicken Brille. Die Anerkennung von Felix, der ihn sonst immer nur triezte, tat ihm gut. Es versöhnte ihn, wenn auch nur für einen Moment, mit dem Sadisten, rückte die Abneigung ihm gegenüber für einmal in den Hintergrund. Er kennt Felix gut genug, um zu wissen, dass dies nur eine ›Fallfreundlichkeit‹, also Ausnahme, war.

3
29. Dezember 2009 bis 4. Januar 2010

Wie vereinbart fanden sich alle sieben Freunde rechtzeitig am 29. Dezember bei, für die Jahreszeit, viel zu milden Temperaturen und einem bedrückend trüben Himmel bei der Stadtkirche in Müllheim ein. Einige waren schon zehn Minuten früher da, so als hätten sie es nicht erwarten können, endlich wegzukommen. Die Stadt wirkte trostlos. Es war kurz vor 11 Uhr und es wollte einfach nicht Tag werden. Die schweren düsteren Wolken hingen tief. Man hatte das Gefühl, dass am Horizont Erde und Himmel ineinander übergingen. Diese bedrückende Stimmung legte sich normalerweise aufs Gemüt, und selbstredend, veranlasste dieses Mistwetter den redseligen Felix dazu, einen Kommentar des Unmuts loszulassen: »Es wird höchste Zeit, dass wir endlich abhauen in die Sonne. Dieses Wetter macht einen so richtig miesepetrig.«

Von wegen deprimierende Stimmung. Bei dem fröhlichen vorfreudigen Geschnatter konnte man keine schwermütige Gemütsverfassung ausmachen.

Eine Nonne im schwarz-weißen Habit kam des Weges und verharrte einen Moment auf Höhe der wartenden Gruppe. Sie lächelte, als sie die jungen Leute so übermütig plaudernd und lachend sah.

»Na, Ma'am, haben Sie sich angemeldet?«, fragte Felix frech.

Die Nonne blickte ihn verständnislos an: »Wie bitte?«

»Na, war das denn nicht klar? Ich fragte, ob Sie sich angemeldet haben.«

»Für was denn angemeldet?«

»Für die Reise nach Fuerteventura! Da fliegen wir nämlich jetzt hin.«

»Oh Mann, Felix. Findest du das witzig?«, fragte Renée genervt. Sie ging zu ihm, tippte mit einem Finger auf Felix' Schulter und sagte mit fast singender Stimme: »Hallo-ho, Felix? Die Flegeljahre sind vorbahei! Du kannst erwachsen werden.«

Wieder lächelte die Nonne, diesmal nicht lautlos und sagte: »Lassen Sie nur. Ich nehme an, es war nicht böse gemeint. Der junge Mann freut sich halt auf Sonne, Sand und Meer und das macht ihn ein bisschen übermütig. Man kann es ihm nicht verdenken, wenn man das trübe Wetter hier so sieht.« Sie sprach so, als hätte sie es mit einem kleinen Jungen zu tun. Die anderen grinsten.

Felix hätte es nicht ertragen, jemand anderem das letzte Wort überlassen zu haben, besonders jetzt, da er äußerst schlecht dabei aussah und den anderen Gruppenmitgliedern zur Belustigung diente.

Er deutete eine übertrieben devote Verbeugung an und sagte: »Sie sind zu gütig Ma'am. Wenn ich es mir recht überlege, ich glaube, ich hätte sie schon gerne mit dabei gehabt. Ich bin nämlich ziemlich tierlieb.«

»So, tierlieb sind Sie?«

»Ja, und ganz besonders liebe ich Pinguine.«

Wenn er nun glaubte, dass sie sich, ob dieser Frechheit geschlagen geben und sich schmollend trollen würde, hatte er seine Rechnung ohne die Nonne gemacht. Denn die war auch nicht von schlechten Eltern und konterte schlagfertig: »Ich bin überzeugt, Ihre Mutter hatte alles richtig gemacht. Nur, sie kann den Buben schließlich nicht ein Leben lang beaufsichtigen. Ich wünsche Ihnen allen viel Spaß auf Fuerteventura.« Sprach's und setzte ihren Weg fort.

Felix fiel die Kinnlade nach unten und bei den anderen folgte schallendes Gelächter.

Plötzlich rief Kai: »Sie kommen! Es kann losgehen!« Die sieben Reiselustigen teilten sich in zwei Gruppen auf, für die Verteilung auf die zwei Fahrzeuge. Die sieben Personen zusammen mit Reise- und Handgepäck in zwei Personenwagen unterzubringen, war gar nicht so einfach. Kai war froh, dass Volker einen geräumigen Combi, und zwar den Skoda Octavia hatte. Jans Fahrzeug, also das seines älteren Bruders, war nämlich ein Golf der unteren Mittelklasse und das Platzangebot beschränkter. Ein Koffer fand nur noch auf dem Dachgepäckträger Platz.

Als Renée an Felix vorüberging raunte sie ihm ziemlich leise zu, so dass niemand anderer sie hören konnte: »Du warst ja schon damals in der Schule ein Rotzlöffel. Im Vergleich zu heute bist du aber noch harmlos gewesen.«

»Danke Renée, ich mag dich auch«, antwortete Felix grinsend.

Renée erwiderte sein Grinsen, und knuffte ihm in den Arm und sagte: »Dennoch, Felix, man kann dir einfach nicht böse sein.«

Nicht immer klappte es, dass sich Felix' Anspielungen so schnell bereinigen ließen. Er war dankbar, dass seine Taktik des reumütigen Rückziehers bei Renée so gut funktionierte, denn es war tatsächlich so, dass er nie bewusst Leute kränken wollte. Er nahm das Leben eben leicht, fasste es als Spaß auf, und jede seiner Äußerungen waren für ihn keine Beleidigungen, sondern einfach nur ›*Späßle g'macht.*‹ Außerdem wollte er es mit Renée, die er ja wirklich gerne mochte, nicht verderben.

Sonnenuntergang bei Morro Jable

4

Es war ein ruhiger Flug von weniger als vier Stunden, denn sie hatten tatsächlich Rückenwind. Ein traumhaftes Bild bot sich den Reisenden, als sie über Fuerteventura flogen, um zur Landung am Flughafen El Matorral, fünf Kilometer südlich der Hauptstadt Puerto del Rosario anzusetzen. Fein säuberlich angelegte Resorts, teilweise begrünt, lagen unter ihnen. Der Himmel war herrlich blau. Das tiefe Blau, war nur durch einzelne weiße Wolken unterbrochen. Im Hintergrund ragten beigefarbene Berge empor, die durch Wolkenschattierungen teilweise graue Flecken erhielten. Es waren Lichtverhältnisse, die jeden, der diese Stimmung zum ersten Mal sah, in staunende Bewunderung versetzten. Ein wunderbares Glücksgefühl durchströmte die Ankommenden.

»Wow«, entfuhr es Felix, der in der Reihe hinter Sylvie und Freddy saß.

»Was hattest du vor einer Woche noch über Fuerteventura gesagt?«, fragte Freddy an die hintere Sitzreihe gerichtet, um dann selbst die Antwort zu geben, »Wüsteninsel! Nur Sand und Steine, sonst nichts.«

»Ist ja gut. Du hast recht. Man kann sich doch auch mal irren, oder? Das tun unsere Politiker doch laufend. Ja, das hier, so von oben betrachtet, ist schon ein selten schöner Anblick. Das muss ich vorbehaltlos zugeben. Es werden super zehn Tage werden.«

Als sie dann das Flugzeug verließen und die Wärme auf der Haut spürten, kam die erste richtige Hochstimmung auf. Alles erschien den Reisenden, die noch vor ein paar Stunden nur düstere Wolken, alles grau in grau kannten, so hell und strahlend. Es war nicht heiß, sondern angenehm warm. Dafür sorgte der fuertetypische Wind.

»Der Anfang ist ja schon mal gut; das wird eine Bombenwoche werden«, freute sich Sylvie.

Ebenso begeistert waren alle von der Hotelanlage. Kai hatte nicht zu viel versprochen. Bei Abenddämmerung und milder Temperatur von 22°C machte sich die Gruppe erst einmal auf, die Umgebung zu erkunden. Costa Calma selbst, eine aus dem Boden gestampfte touristische Siedlung, war kein besonders schöner Ort. Das wusste Kai, dennoch kam er gerne hier her, weil zwei schöne Wälder, Pinien-/Palmenmischwald den ganzen Ort von Nord nach Süd durchzogen. Als Wohnort war Costa Calma besonders klimabegünstigt. Wenn es nämlich nur ein paar Kilometer weiter südlich in Morro Jable zum Beispiel, wie er es selbst einmal erlebte, 37°C hatte, kam es mitunter schon vor, dass man sich an der Costa Calma angenehmer Temperatur von 27°C erfreuen durfte. Ja, und nirgendwo sonst, außer natürlich noch bei Jandía Richtung Morro Jable, gab es einen so schönen langen, hellen Sandstrand wie hier. Zumindest empfand Kai es so. Ebenso gab es tolle Kneipen, wo man gut und doch günstig – studentenbudgetgerecht – essen konnte. Für Kai war es der ideale Ort, Urlaub zu machen. ›*Die anderen Orte kann ich ja besuchen, wenn mir danach ist*‹, so seine Devise.

Sie waren an diesem Abend, bis auf ein älteres Ehepaar, die einzigen Gäste im Biergarten direkt im

Pinienwald. Die Stimmung der Gruppe war feucht-fröhlich und laut. Erst spät, kurz vor Mitternacht, kehrten sie lachend und singend ins Hotel zurück. Den Zeigefinger an den Mund haltend mit einem langgezogenen »schschsch«, bat der Nachtportier die jungen Leute, ihre Lautstärke etwas zu drosseln. Sie gehorchten brav, was den Portier wiederum überraschte, denn eine solch prompte Reaktion war er von jungen Leuten meist nicht gewohnt. Er dachte wohl bei sich, dass es doch noch zivilisierte Junge gab.

Die Gruppe verließ die Hotelhalle aber nicht sofort, um die Zimmer aufzusuchen, sondern blieb einen Moment stehen, um noch Näheres von Kai zu erfahren.

»Wie sieht es aus, Kai? Was hast du Morgen mit uns geplant?«, fragte Freddy mit gedämpfter Stimme, und hoffte, dass Kai in seinem Plan für den ersten Tag und nach durchzechter Nacht am Morgen nicht gleich mit zu frühem Wecken starten möchte, um eine ausgedehnte Wanderung zu unternehmen.

Nein, nein, Kai hatte es sich schon gut überlegt. Er wollte die Gruppe erst einmal eingewöhnen, und nicht gleich ins Volle gehen. »Wir werden Morgen gegen 11:30 Uhr erst einmal eine Kurzwanderung nach La Lajita unter die Füße nehmen und mit dem Bus wieder zurückfahren.« In einer kurzen Zusammenfassung beschrieb er den Freunden dann, das nördlich von Costa Calma gelegene Nachbardorf La Lajita, in dessen Nähe sich auch ein riesiger Park befand.

»Dieser Park ist ein richtiges Naturparadies, das sich über 780.000 Quadratmetern erstreckt. Ein großer Tierpark und ein Botanischer Garten gehören zur Anlage. Die Pflanzenwelt ist einmalig. Ich sage euch, die ist so phantastisch, so ungewöhnlich für diese Insel! Da hast du sogar das Gefühl, dich irgendwo in den Tropen und nicht auf einer Wüsteninsel mit karger Landschaft zu befinden.«

»Das heißt, dass wir morgen den Park besuchen?«, wollte Patty wissen.

»Nein, den hätte ich gerne auf das Ende unseres Aufenthalts aufgespart. Weißt du, wenn wir morgen erst um halb elf losgehen, ist das viel zu spät. Für diesen Park braucht man viel Zeit, um alles zu sehen«, erklärte Kai, »am besten einen ganzen Tag. Und wenn ich jetzt schon dabei bin, briefe ich euch gleich noch über die weitere Gestaltung unseres Inselaufenthalts«, fuhr Kai fort. »Für unsere zweite Wanderung an Silvester, habe ich auch etwas Einfaches vorgesehen. Wir werden am Morgen ebenfalls nicht so früh starten, weil am Abend hier im Hotel die große Silvesterparty steigt, das heißt, dass es ein langer Tag werden wird. Wir werden um halb elf mit dem Bus nach Morro Jable fahren. Unsere Wanderung beginnt oberhalb des Hafens, und führt uns an der Hangkante entlang Richtung Süden, bis zu einer schönen Bucht. Die Wanderung dorthin dauert nicht sehr lange, und wenn wir Glück haben, können wir sogar am Meer unten wieder zurückgehen. In Morro werden wir einen kleinen Snack in einem netten Strandrestaurant einnehmen. Um halb sechs etwa werden wir wieder zurück im Hotel sein, so habt ihr noch genügend Zeit, euch ein bisschen am Pool zu aalen und danach für die Fete hübsch zu machen. Der 1. Januar steht euch zum Ausspannen zur freien Verfügung, denn ich denke, dass bei einigen der Promille-Pegel noch nicht ganz abgebaut sein wird.

»Promille? Was für Promille?«, scherzte Freddy, »Hast du vielleicht einiges vor, Kai?«

»Nein, nein, ich sprach ja nicht von meinen Promillen«, ging Kai auf den Scherz ein, und fuhr dann mit seinem Briefing weiter: »Also, weiter im Text. Ab 2. Januar dann habe ich für drei Tage einen Opel Vivaro, einen Neunsitzer, reserviert.« Man spürte, dass Kai in Fahrt gekommen war. Selten hörte man von ihm so viel an einem Stück, und es gefiel ihm selbst, dass er bei dieser Gruppe den Lead innehatte. Es machte ihn stolz, half seinem Selbstwertgefühl. Es tat einfach richtig gut. Alle Augen waren auf ihn gerichtet und alle lauschten aufmerksam seinen Ausführungen.

»Müssen wir das Auto noch extra bezahlen?«, unterbrach Anita, bevor Kai weiterfahren konnte.

»Nein, das ist in eurer Vorauszahlung mit inbegriffen. Den Kleinbus braucht es natürlich, wenn wir das Mittelland Richtung Norden der Insel erkunden wollen. Ich möchte mit euch auf jeden Fall nach Ajuy; das ist ein kleines, pittoreskes abgelegenes Fischerdorf. Es hat gerade mal ungefähr neunzig Einwohner. Von dort aus kann man schöne Wanderungen unternehmen, zum Beispiel Richtung Norden zu den imposanten Lavagrotten in der Caleta Negra und zu einem aus dem Meer ragenden Felsentor, die Peña Horadada. Oder aber, wir können die weniger bekannte Route Richtung Süden nehmen. Sie ist einsamer, dafür aber interessanter weil nicht so touristisch. Es ist so wunderschön, dort oberhalb des Meeres entlang zu wandern und keinem Menschen zu begegnen, außer einem

Einsiedler. Auf dem Weg nämlich gibt es oberhalb der Klippen eine Höhle, in der der Mann lebt. Er ist sehr freundlich, zeigt den Leuten auch gerne mal seine eingerichtete Höhlenbehausung und erzählt außerdem bereitwillig, wie er hier oberhalb des tosenden Meeres so lebt. Da bist natürlich du, Anita, mit deiner zweiten Muttersprache gefordert. Der gute Mann spricht nämlich nur spanisch. Wenn ich es mir genau überlege, ich würde am liebsten mit euch beide Touren unter die Sohlen nehmen: Richtung Norden, wie auch Süden, denn beides sollte man unbedingt gesehen haben. Wenn wir früh genug starten, könnten wir auch tatsächlich beides an einem Tag schaffen. Am Tag darauf zeige ich euch kurz die schöne, gepflegte und einst wohlhabendste Kleinstadt Pájara mit ihren gut 1000 Einwohnern. Pájara ist übrigens das Verwaltungszentrum des Inselsüdens. Es gibt dort eine kunsthistorisch bedeutsame Kirche, die, wie viele Häuser dieser Kleinstadt auch, sehr aufwändig verziert ist. Anschließend geht es nach Betancuria, die frühere Hauptstadt von Fuerteventura. Von da aus unternehmen wir eine Kammwanderung zum Mirador Morro Velosa oberhalb Betancuria. Alle genannten Orte sind wirklich sehenswerte Ziele. Und am letzten Tag unserer Automiete, wird's dann richtig anstrengend. Wir fahren nach Vega de Río Palmas. Dort haben wir auch zwei Möglichkeiten: die erste ist sehr einfach. Sie geht zur Ermita de Nuestra Señora de la Peña, das ist eine Wallfahrtskapelle, schneeweiß an die dunkle Schluchtwand geschmiegt. Aber ich möchte mit euch die zweite, schwierigere Variante, machen und zwar zur Gran Montaña. Dieser Berg ist 711 m hoch und seine Kuppe ist auffallend sanft gerundet. Wie ich gesagt habe, handelt es sich um eine anstrengende Tour, denn es gibt keine richtigen Wege und es geht ziemlich steil bergauf. Die ganze Tour dauert ungefähr vier Stunden. Ihr werdet staunen, welche Flora diese karge Insel bietet. Man muss nur einfach seine Augen offen halten. Ja, und ab 5. Januar haben wir dann kein Auto mehr, das heißt, dass wir ab diesem Tag Unternehmungen in der näheren Umgebung machen werden. Als erstes fahren wir mit dem Bus zum Valle de Pecenescal. Auch diese Rundwanderung hat es in sich. Sehr schmale Hangkanten – da braucht es Trittsicherheit – und ein ziemlich steiler Abstieg. Gegen Ende der Tour geht's ziemlich steil aufwärts bis zum Wegweiser, der so ein bisschen ein Gipfelkreuz darstellt. Ab da wird es dann wieder easy. Tja, und als letzte Tour habe ich die Inselüberquerung von Ost nach West vorgesehen. Wir werden von Costa Calma nach La Pared wandern. Als letzte Unternehmung besuchen wir den Park von La Lajita, und am letzten Tag, das heißt am Tag der Abreise, können wir noch etwas Zeit am Pool verbringen, so quasi zum Ausklingen lassen.«

Die Freunde waren ziemlich beeindruckt von Kais genauer Planung. Es hörte sich alles so wunderbar und gut durchdacht an.

»Hast du eine Ahnung, ob man sich irgendwo Wanderstöcke mieten kann? Hier im Hotel vielleicht?«, fragte Renée.

Im nächsten Moment folgte ein schallendes Lachen, das die Stille in der Hotelhalle zerriss, so dass alle zusammenzuckten, einschließlich des Nachtportiers. Es war Felix, der lachend verkündete, wie er sich soeben

Renée mit Krücken durch die Wüste hatschend vorstellte, ein amüsantes Bild.

»Ooops, das war jetzt wohl etwas zu laut, was? Wir sollten ja leise sein«, versuchte er seinen Fauxpas zu beschwichtigen, als er in die erschrockenen Gesichter sah. Er hob entschuldigend seine Hände, die Handflächen nach oben zeigend, in die Höhe.

Das war halt Felix. Er war der Stein des Anstoßes und doch gleichzeitig die Würze der Gruppe.

Kai rollte die Augen, ob dieses flegelhaften Verhaltens, konterte dann aber sachlich, dass diese Frage gar nicht so abwegig gewesen sei, denn es würde sich allemal lohnen, diese unwegsamen Wanderungen auf Ziegenpfaden mit Wanderstöcken zu begehen.

Millionen Schneckenhäuschen im Valle de Pecenescal

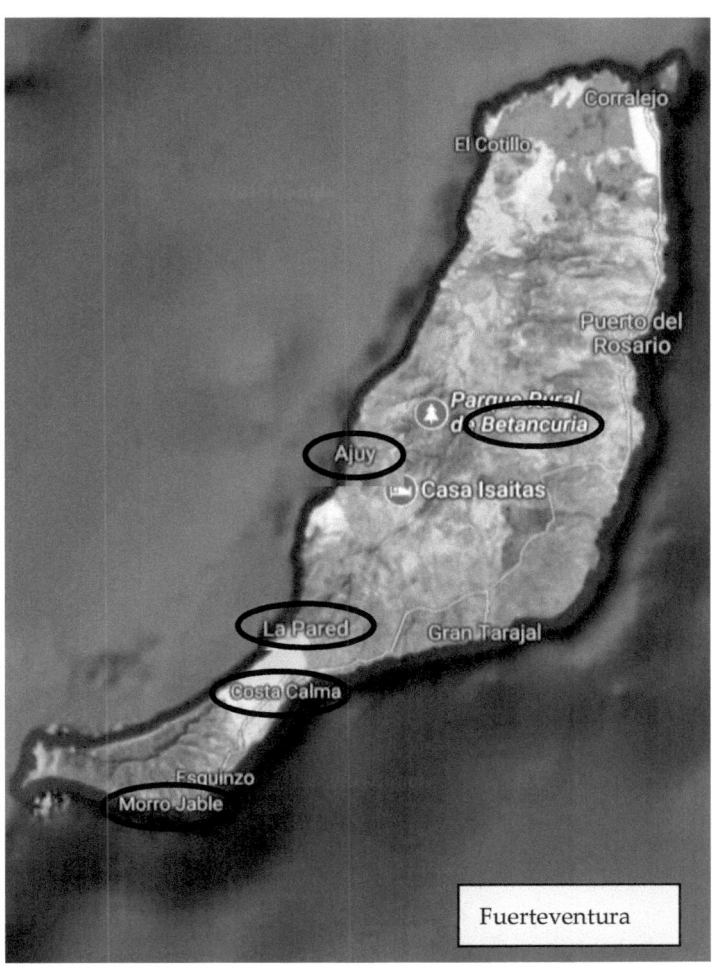

Pecenescal: Letzter steiler Abstieg zur Playa de Barlovento

Seiten 65/66 – Bizarre Felsen an der Playa de Barlovento

schöne Sandsteinformationen: Pecenescal und Nähe Roque del Morro

oben: Roque del Morro / Mitte: Mirador Guise y Ayose /
unten: wunderschöne Stimmung an der Westküste

oben: Spiel von Licht und Schatten, Montaña de Tao / Mitte: Barranco de los Encantados oder de los Enamorados bei Lajares / unten: nichts ist zu karg für die Pflanzen, sie wachsen überall (Barranco de los Enamorados)

oben: Küste bei La Pared / Mitte: Kreisverkehr bei Morro Jable; Skulpturen von Lisbet Fernándes Ramos; sie nennt ihr Kunstwerk ›Caminos‹ / unten: Kapelle San Miguel in Morro Jable

5

Zur Silvesterfeier zeigte die Gruppe, in punkto Robe, und Habitus so richtig Stil. Patty bestach mit einem langen, schwarzen, ihre Figur umschmeichelnden, rückenfreien Kleid. Im Kontrast zum Schwarz der Robe stach ihr platinblondes Haar förmlich heraus. Felix zeigte sich von der besten Seite. Er bewies, dass er sehr wohl elegant und passend dazu auch charmant sein konnte. Er trug ein cremefarbenes Jackett zu schwarzem Hemd und schwarzer Hose. Seine Fliege war ebenso cremefarben. Gentlemanlike bot er seiner angebeteten Patty den Arm, den sie gerne annahm, und so betraten sie zusammen den Ballsaal. Sie waren wahrhaft ein gutaussehendes Paar. Beide hochgewachsen, schlank, sportlich. Man hatte das Gefühl, dass man sich eher auf dem Jetset, als in einem Dreisterne-Urlaubshotel befand. Viele Augen blickten ihnen bewundernd hinterher. Felix fühlte sich so glücklich, wie noch nie.

Freddy trug einen Anzug ganz in weiß und eine schwarze Fliege, während Sylvie an seinem Arm ein nachtblaues Cocktailkleid mit einem türkisfarbenen Satin-Bolerojäckchen trug. Ihr blondes Haar hatte sie kunstvoll geflochten. Auch die zierliche Gestalt dieser beiden zog die Blicke auf sich.

Kai trug einen eleganten schwarzen Anzug mit roter Fliege. Er hatte sein schwarzes Haar mal richtig schön in Fasson gebracht. Auch er, mit Anita an seinem Arm, bot ein angenehmes Bild. Anita trug einen schicken dunklen Hosenanzug. Sylvie hatte Anita bei der Frisur geholfen, und so trug auch sie das Haar kunstvoll geflochten.

Renée, die an diesem Abend ebenso ein langes schwarzes Kleid trug, das ihre Figur sehr positiv betonte, hatte am Pool einen netten jungen Mann kennengelernt, mit dem sie sich angenehm unterhalten hatte. Prompt hatte der sich als ihre Partybegleitperson anerboten. Renées Augen leuchteten vor Zufriedenheit, denn Andreas war wirklich eine augenfällige Erscheinung. Er schien Renée im Sturm erobert zu haben. Es könnte sogar so ausgehen, dass sich ihre Wege nach dem Urlaub womöglich nicht definitiv trennen würden.

»Ich bin froh, Patty, dass ich dich mal alleine sprechen kann«, säuselte Felix seiner Ballpartnerin auf der Tanzfläche ins Ohr. In Erwartung, welches Geständnis jetzt folgen würde, zog Patty fragend die Stirn kraus und drückte Felix' Oberkörper leicht von sich, um ihm in die Augen sehen zu können. Er zog sie wieder näher an sich und sagte schmunzelnd, »komm wieder her, ich kann dir jetzt nicht in die Augen schauen, muss mich konzentrieren, und deine tollen Augen verwirren mich.«

»Oh«, kommentierte Patty nur kurz und lauschte auf das, was Felix ihr zu sagen hatte.

»Seit damals, zur Schulzeit habe ich ... ähm ... wie sagt man nochmal in gehobener vornehmer Sprache zu ›angebaggert‹?«, er lächelte und Patty lächelte mit, »ach ja, ich weiß ... also ... seit der Schulzeit habe ich dich umworben, ich habe dich im wahrsten Sinne des Wortes aus tiefstem Herzen verehrt. Bei dir passt einfach alles: du bist schön, du bist intelligent, du hast eine tolle Figur, hast Geschmack, bist ein richtig lieber, edler Mensch, ein Engel … ja, du bist einfach klasse. Doch leider bin ich an deiner Schale, die ich zu knacken versuchte, bis jetzt abgeprallt. Kurz: mein Werben blieb unerhört.«

So war es natürlich nicht ganz. ›*Von wegen abgeprallt*‹, dachte Patty. Sie hatte damals sehr wohl realisiert, dass sie für Felix unter den ganzen Mädchen als die Auserwählte galt, und sie fühlte sich damals auch geschmeichelt, denn Felix konnte tatsächlich sehr charmant sein. Doch sie wollte es ihm nicht zeigen. Er war zu umschwärmt damals und einfach zu viel Lausbube. So zeigte sie sich einfach desinteressiert. Auch jetzt wollte sie die Karten nicht gleich offen legen.

Patty grinste und wieder drückte sie Felix leicht von sich. »Oh, du kannst ja, wenn du willst. Also, ich meine, deine Sprache hat soeben bestanden.«

»Na, solch ernsthafte Gespräche an einem so wunderbaren Fest«, tönte es an ihre Ohren, als Renée mit ihrem Partner an ihnen vorbeirauschte.

Diese ungelegene Störung ging Felix gewaltig gegen den Strich. Er war nämlich jetzt total aus dem Konzept gebracht. ›*Was wollte ich sagen? Wie soll ich jetzt weiterfahren?*‹ Er nahm sanft Pattys Hand und zog sie von der Tanzfläche in eine abseits gelegene Ecke.

»Also, wo sind wir stehen geblieben?«, fragte Patty scherzhaft. Natürlich wusste sie es, wollte Felix damit aber nur den Einstieg erleichtern, »wir wurden unterbrochen, als ich sagte, dass deine Sprache den ersten Test bestanden hat. Es klang wie bei einem wohlerzogenen, gut situierten Zeitgenossen.« Wenn sie glaubte, ihm den Einstieg damit erleichtert zu haben, hatte sie sich jedoch geirrt.

»Du machst dich lustig über mich«, klagte Felix stattdessen betroffen. »Ich meine es wirklich sehr ernst. Ich kann mir nichts Besseres vorstellen, als mit dir … na ja, du weißt schon … Mann, bin ich doof, wenn's drauf ankommt, dann fehlen mir die richtigen Worte.«

Patty musste schmunzeln darüber, wie Felix sich abmühte, im richtigen Moment das Richtige zu sagen. Eigentlich fand sie ihn, der ja bis anhin für seine Coolness im Umgang mit der Damenwelt bekannt war, ganz süß in seinem unbeholfenen Bemühen bei ihr. Sie rückte von ihrer kalten Schulter etwas ab, gab ihm ein Küsschen auf die Wange und sagte: »Gib mir noch etwas Zeit. Ich mag dich, Felix. Ja, ich mag dich wirklich sehr gerne, auch wenn du manchmal, gelinde gesagt, unmöglich bist.«

»Ich schwöre hoch und heilig, dass ich mich bessern werde. Ich werde an mir arbeiten.«

»Heißt das, dass du dich auch Kai gegenüber anständig benehmen willst?«

Felix zögerte einen Moment, bevor er bei seiner Antwort umständlich herumknorzte: »Ich werde mir Mühe geben. Weißt du, ich kann das Babyface irgendwie nicht ernst nehmen.«

»Kann es sein, dass du wegen seines genialen Geistes einfach nur eifersüchtig bist?«

Er schüttelte energisch den Kopf: »Ich? Eifersüchtig? Nee du, eher nicht. Kai ist zwar hochintelligent, dafür ist er aber sonst in so vielerlei Hinsicht benachteiligt. Seine extreme Sehschwäche, seine Sprachhemmung, die sich zwar ein bisschen gebessert hat, ich denke da an die Ausführungen vorgestern, und dann noch sein Aussehen. Ich glaube kaum, dass er zu beneiden ist.«

»Siehst du, und genau deswegen dürftest du ja auch netter zu ihm sein. Du musst ja nicht immer deine Finger in offene Wunden legen, wie ein Sadist. Ich finde das einfach unfair. Weißt du, Kai tut mir schon irgendwie leid. Auch damals in der Schule, als du deine Spielchen mit ihm getrieben hast. Ein Streich soll ja ganz besonders fies gewesen sein. Ich weiß zwar nicht, was genau du damals angestellt hattest, ich kannte die Geschichte nur vom Hörensagen, aber ich fühlte mit Kai. Du konntest schon ein Kotzbrocken sein. Kai wirkte damals sehr bedrückt, und ich glaube, für sein Selbstwertgefühl war das nicht gerade förderlich, zumal es ohne das schon angeschlagen genug war. Du sagtest immer, dass Kai ein armer Psycho sei. Ich glaube, das ist das einzige, womit du wirklich recht hattest. Und ich glaube auch, dass er sehr leidet. Man darf sich nicht darüber hinwegtäuschen lassen, dass er so eine gute Reiseorganisation zuwege brachte, und dass er uns die ganzen Vorhaben mit sicherer Sprache übermittelte. Er ist ja schließlich intelligent und bei dieser Reise ging es um Wissensvermittlung. Das muss er ja ständig an der Uni. Die Sprachhemmung, so vermute ich, beschränkt sich wohl eher auf verbale Interaktionen … wenn er spontan selbstsicher auf eine plötzliche Ansprache reagieren soll. Oder bei tiefschürfenden Gesprächen, allem voran, wenn es womöglich um Gefühlsäußerungen geht. Dann wird jede Sicherheit von ihm weichen. Ich könnte mir vorstellen, dass es sich bei ihm um Mutismus handelt, selektiven Mutismus.«

»Weißt du was, Patty? Du hättest dein Arztstudium nicht an den Nagel hängen sollen. Du eignest dich hervorragend für den Job des Mediziners, und zwar würde ich sagen, du wärst ein klasse Seelenklempner. Das hast du mit deiner Diagnose eben hinreichend bewiesen.«

»Lenke nicht ab Felix! Wir waren eigentlich thematisch bei dir, nicht bei mir und auch nicht bei Kai. Meine Erklärungen zu Kai dienten nur der Veranschaulichung, damit du weißt, in welche Richtung meine Kritik hinzielt, und damit es dir hoffentlich leichter fällt, mit Kai anders umzuspringen.«

»Ja, ja, ich habe schon verstanden. Dann wäre das Thema aber jetzt doch erledigt«, sagte Felix mit leichtem Unmut, denn er hatte ganz anderes vor an diesem Abend. Außerdem machte es ihm keinen Spaß, seine Fehler mit dieser Akribie zu beleuchten. ›*Ich habe schließlich auch meine guten Seiten*‹, davon war er überzeugt. Und er hatte recht damit, und das wusste auch Patty. Wäre dem nicht so gewesen, hätte sie ihn gar nicht so nah an sich heran gelassen. Dennoch, sie fuhr unbarmherzig weiter, denn es war längst noch nicht alles gesagt: »Das war aber nur ein Teil des Ganzen. Es geht noch weiter. Ich erinnere mich, dass deine Lausbubenart früher gut bei den Mädchen angekommen ist, aber …«

»Mein Gott, Patty, das ist doch vorbei«, unterbrach Felix. »Ich bin heute ein anderer, und dass ich Kai künftig in Ruhe lasse, hab ich dir doch auch versprochen. Ich schwöre dir, ich werde mich zum Positiven ändern.« Es war im Prinzip genau das, wohin Patty abzielte. »Hm, ganz vorbei ist sie eben nicht, diese Lausbubenzeit. Ich sprach nämlich nicht von damals. Wie war das zum Beispiel mit der Nonne in Müllheim vor unserer Abreise? Was hatte dich da geritten? Du musst dich doch nicht stets irgendjemandem beweisen. Es ist vorbei, Felix.« Beim Gedanken an diese Szene musste Felix lachen und Patty stimmte mit ein.

»Du bist streng mit mir. Ja, ich war übermütig. Der Schalk ging mit mir durch. Aber du hast ja gehört, was die Nonne gesagt hat. ›*Der junge Mann freut sich halt auf Sonne, Sand und Meer*‹. Jawohl, recht hatte sie. Aber ich muss schon zugeben, diese Frau war nicht schlecht. Sie hat gut gekontert, vor allem die Sache mit der Mama. Da sah ich schon ziemlich blöd aus. Ich wusste gar nicht, dass Nonnen so gut drauf sein können. Okay, gut liebe Patty, ich verspreche dir, dass auch solche Ausrutscher der Vergangenheit angehören werden. Du sollst dich schließlich nicht mit mir schämen müssen. Und … wie sieht's aus? Jetzt, da ich reumütig war und dir hoch und heilig Besserung versprochen habe? Wollen wir unsere Beziehung besiegeln?«

»Felix, bitte lass mir einfach noch etwas Zeit mit der Entscheidung. Ich laufe dir nicht davon, versprochen.«

»Wie lange?«

»Einfach so lange, bis ich dich wirklich näher kennengelernt habe. Weißt du, unsere Schulzeitbekanntschaft reicht mir für eine Beziehung nicht aus. Wir sind keine kleinen Kinder mehr, du bist ein Mann geworden und ich eine Frau. Um aber auch dieses Manko zu beheben, könnten wir uns jetzt, da ich in Freiburg bin, öfters mal treffen. Ich komme immer wieder nach

Müllheim, und ja, vielleicht kommst du ja auch gelegentlich nach Freiburg. Es gibt ein gutes kulturelles Programm in Freiburg.«

»Ja Mensch, Patty. Mit dieser Antwort kann ich leben. Es ist immerhin kein ›Nein‹. Das ist doch schon mal was«, seine Stimme jauchzte förmlich. Er fühlte sich im siebten Himmel, denn seine Angebetete gab ihm, wenn auch mit Bedingungen verknüpft, eine zarte Hoffnung. Am liebsten wäre er in die Luft gesprungen.

»Natürlich Darling, du sollst die Zeit für deine Entscheidung bekommen. So lange du brauchst. Und ich werde mich in Geduld üben.«

Felix umarmte Patty und drückte ihr einen Kuss auf. Sie streichelte ihm dabei den Nacken. Ja, es war ein schönes Gefühl. Es ist nicht so, dass Patty bisher keine Chancen bei Männern gehabt hätte. Sie war schließlich eine ausgesprochen schöne Frau, aber bis jetzt war es einfach nie etwas Ernstes. Ja, und wenn sie ehrlich war, Felix gefiel ihr schon immer.

Felix in seiner überglücklichen Stimmung wiederholte seine Zusicherung: »Nimm dir so viel Zeit, wie du brauchst, Patty. Gutes muss ja nicht überstürzt werden. Gutes muss erst entstehen und dann reifen. Ich werde dich nicht enttäuschen.« Jetzt warf er ihr zur Besiegelung noch einen Luftkuss zu.

Beide konnten zu diesem Zeitpunkt noch nicht ahnen, dass sie diese Zeit des Nachdenkens nicht mehr haben würden.

Die Uhr machte zwölf Schläge:
Prosit Neu Jahr. Gegen drei Uhr am Morgen verließen sie händchenhaltend und glücklich den Ballsaal.

6

5. Januar 2010

Es war ein schöner Jahresanfang. Felix und Renée schwebten beide mit ihren Errungenschaften im siebten Himmel.

Das Wetter hätte für diese Jahreszeit auch nicht besser sein können und die Wanderungen mit den Ortsbesichtigungen waren ein Erfolg; Kai hatte bei seiner Vorschau nicht zu viel versprochen. Die Ausflüge hinterließen bei den Gruppenmitgliedern bleibende Eindrücke.

Felix hielt sich, wie versprochen, mit seinen Sticheleien bei Kai zurück. Lieber ließ er ihn stattdessen links liegen, weil er einfach mit ihm nichts anzufangen wusste, obgleich er Kais Organisation große Bewunderung entgegenbrachte. Das ließ er ihn auch spüren. Aber das musste genügen. Zu mehr reichte sein Wille zur Sympathiebezeugung nicht aus, denn so spendabel war er einfach nicht.

Am Morgen des 5. Januar um viertel vor 10 Uhr verließ die Gruppe – an diesem Tag, ohne Sylvie, die wegen eines Magen-Darm-Infekts nicht mitgehen konnte – das Hotel. Kai wusste, dass das erste Niedrigwasser um 10:46 Uhr sein würde und so plante er, den Bus Richtung Morro um kurz vor zehn zu nehmen. Die Freunde waren gut gelaunt, denn sie waren einerseits motiviert aufgrund der Erfahrungen der letzten wunderschönen Wanderungen und andererseits auch wegen Kais Versprechen, dass diese Wanderung zu einer seiner Highlights gehöre. Man begegne kaum einem Menschen auf dieser einsamen Tour, die zu einem Traumstrand, die Playa de Barlovento, führe, hatte er ganz euphorisch vorgeschwärmt.

Sie stiegen bei der Haltestelle Pecenescal aus und machten sich auf den Weg durch den Barranco[1] de Pecenescal dem Pass entgegen. Renée stöhnte gleich einmal, denn der Beginn der Wanderung war nicht gerade das, was sie interessant nennen würde. Den Weg durch den Barranco fand sie eher langweilig und schweißtreibend. Sie drängte sehr bald mal zu einer Pause.

»Leute, ich habe Durst, und ich könnte auch mal etwas zum Essen vertragen und außerdem tun mir jetzt schon die Beine weh«, klagte sie und wischte sich über die schweißnasse Stirn. »Das soll also jetzt das Highlight unserer Woche sein?«, nörgelte sie, »ich finde diese Wanderung nicht gerade berauschend«.

»Wart's ab, Renée, das ist nur der Anfang. Es ist nur der zum Highlight führende Barranco, der Zugang sozusagen«, tröstete Kai sie.

*

»Hach, jetzt geht's mir schon besser«, verkündete Renée zufrieden, nachdem sie den ersten Teil ihres Hotel-Lunchpakets verzehrt und ausgiebig getrunken hatte. Die Pause verlieh ihr auch wieder neue Kraft.

---

[1]) Barranco: Schlucht, die die Wand eines Vulkankraters nach außen durchbricht; durch Erosion entstandene Furche am Steilhang eines Vulkankegels; durch Erosion entstandener Riss im lockeren Gestein eines Trockengebietes

Allmählich näherte sich die Gruppe den Schönheiten dieser Tour. Es kam so plötzlich, wie Renée lakonisch bemerkte, denn auf einmal standen sie oben auf der Passhöhe und ein wunderbarer Blick über die ganze Küste tat sich ihnen auf. Es schien so unwirklich, dieses Farbenspiel. Die schroffe, dunkle und felsige Steilküste kontrastierte mit dem tiefblauen Ozean und den weißschäumenden Kronen der Brandung. Hier an der Westküste war die Brandung stärker, als die Gruppe es von der Ostküste an der Costa Calma gewohnt war.

Obwohl die Sonne schien, konnte man jetzt schon erahnen, dass es vermutlich im Laufe des Tages einen Wetterumschwung geben würde. Von Ferne zogen Wolken auf, so dass die Berge im Hintergrund schon jetzt in einem Dunst lagen. Kai hatte zwar im Internet den Wetterbericht, der eine Eintrübung versprach, wohl gesehen, doch war er voller Zuversicht, weil erst gegen Nachmittag ein Wetterwechsel vorausgesagt wurde. Das Bild, das sich ihnen von da oben bot, auf jeden Fall, war unbeschreiblich schön.

Sie setzten ihre Wanderung fort. Der Abstieg zur Küste folgte auf einem schmalen, teilweise ausgesetzten Pfad.

»Also Leute«, erklärte Kai, »hier müsst ihr gut auf euren Weg schauen. Ich sagte ja, dass Trittsicherheit und Schwindelfreiheit Voraussetzung für diese Wanderung sind. Wenn ihr Fotos machen wollt, bleibt einfach stehen. Bitte nicht während des Gehens fotografieren. Das ist zu gefährlich. Lasst euch Zeit, wir sind nicht auf der Flucht. Seht, da vorne! Da gibt es ungewöhnlich schöne, fotogene Sandsteinformationen.«

»Wow«, entfuhr es Felix, zu mehr war er im Moment nicht fähig, angesichts dieser Schönheit, die Baumeister Natur hier geschaffen hatte.

Den letzten steilen Abstieg zum Strand bewältigte derjenige, der ohne Wanderstöcke unterwegs war, nämlich Felix, teilweise auf dem Hosenboden.

»Na, Felix, wie war das nochmal?«, sagte Renée hämisch, »ich stellte mir eben vor, wie Renée mit Krücken durch die Wüste hatscht. Ha, ich finde es allemal besser, mit Krücken durch die Wüste zu hatschen, als auf dem Hosenboden den Steilhang hinunter zu kraxeln.«

Doch Felix war zu sehr beschäftigt mit sich, als dass er diese Häme hätte kommentieren wollen.

Was für ein Strand – menschenleer; nur die sechs Freunde der Abschlussklasse 2005 des Markgräfler Gymnasiums Müllheim, die hier ausgiebig pausierten, während die ganz Mutigen im doch recht frischen Meer badeten.

»Leute, wir müssen weiter, es ist schon vier Uhr«, drängte Kai, dessen besorgter Blick sich zu den Bergen im Süd-Westen richtete. Die Wolken, die sich am Vormittag sachte zeigten, nahmen inzwischen bedrohlichere Formen an. Die Gruppe am Strand nahm dieses Zeichen gar nicht wahr, denn noch immer erzeugte die Sonne eine angenehme Wärme auf der nackten Haut der Freunde, die noch nicht bereit waren aufzubrechen.

»Komm Kai, setz dich noch ein bisschen zu uns. Es ist noch so schön hier«, versuchte Anita den Freund umzustimmen.

»So gerne ich wollte, aber schaut mal in die Berge. Es ziehen mächtige Wolken auf. Und um viertel nach sechs geht die Sonne unter. Es wird dann ziemlich schnell dunkel werden, besonders bei Bewölkung. Und den Weg zurück möchte ich nicht bei Dunkelheit riskieren, schon gar nicht wegen meiner Augen. Das ist einfach zu gefährlich, ein falscher Tritt, und …«.

»Komm schon, Kai, male den Teufel nicht an die Wand«, unterbrach Freddy.

»Also Leute, ich bin dafür, dass wir auf Kai hören und aufbrechen. Er kennt sich hier schließlich aus, und wir wollen doch kein Wagnis eingehen«, appellierte Patty nun an die Vernunft der Freunde.

Dieser Einwand von der resoluten Patty genügte, dass die Gruppe gehorchte. Sie packte zusammen und etwa 15 Minuten später machte sich der Trupp auf den Weg. Beim ersten Barranco bog Kai ab in Richtung Berge. Dieser Barranco stellte sich aber als eine Sackgasse heraus.

»Verdammt, das gibt's doch nicht. Ich bin da doch schon gewandert. Ich verstehe das nicht«, sagte Kai beunruhigt.

»Sag mal Kai, warum gehen wir denn nicht in diese Richtung?« fragte Freddy, und zeigte auf den Hügel, links des Barrancos. »Von der Richtung kamen wir doch her. Sehe ich das richtig, dass sich dort im Nord-Osten die Bushaltestelle befindet? Ich würde vorschlagen wir steigen da hoch und gehen quer hinüber.«

»Natürlich befindet sich in dieser Richtung die Haltestelle, aber das ist nicht der richtige Weg, Freddy. Ich bin den noch nie so gegangen. Es muss noch einen zweiten Barranco geben. Weiter hinten. Lasst uns zurückgehen und noch ein weiteres Stück vorlaufen. Komisch, dass mir dieser Sackgasse-Barranco früher nie aufgefallen ist.«

»Also, ich gehe nicht mehr zurück«, weigerte Freddy sich, »ich möchte da links hoch. Diese Richtung drängt sich einem doch förmlich auf. Und Kai, es gibt immer wieder im Leben ein erstes Mal. Ich finde es abenteuerlich, selbst einen neuen Weg zu finden. Wie sieht's aus, kommt ihr mit? Oder wollt ihr lieber zurück und den anderen Barranco suchen.«

Alle folgten daraufhin Freddys Vorschlag. Kai schloss sich mit gemischten Gefühlen der Gruppe an. ›*Na ja*‹, dachte er, ›*vielleicht erschließt sich hier für uns tatsächlich eine neue Route. Es führen schließlich viele Wege nach Rom*‹ sprach er sich selbst die Rechtfertigung zu, auch wenn er sich dabei nicht wirklich wohl fühlte. Denn er wusste auch, welch Abenteurer Freddy nun mal war. Er brauchte die Herausforderung. Der Kerl war voller Elan und überschüssiger Kraft.

Sie begannen mit dem vorgeschlagenen Aufstieg. Der Blick zurück zeigte, dass die Wolken den Strand inzwischen schon erreicht hatten.

Der Aufstieg war sehr kräfteraubend. Renée, die noch nie sehr viel mit Sport am Hut hatte, kam nur langsam vorwärts und war außer Atem. Sie keuchte und spürte ihren rasenden Herzschlag. ›*Nur nicht nach oben schauen*‹, dachte sie unablässig, ›*immer schön auf die Füße gucken.*‹ So motivierte sie sich immer gerne selbst. Denn der Blick nach oben, um zu sehen welche Strecke noch vor einem lag, war meist entmutigend.

Wenn man dann aber oben angelangt war, war man richtig stolz auf sich selbst. Man hoffte nur, dass es dann keinen nächsten Aufstieg gab. Erschöpft und außer Atem kam sie als letzte oben an. Da stand die Gruppe am Rand des Abgrunds … ratlos … denn hier ging es nicht mehr weiter, wie sie es eigentlich erwartet hatte.

»Und … was jetzt, Freddy?«, fragte Patty, »hier ist Endstation. Das heißt also, umkehren und den richtigen Weg suchen. Ganze Mühe umsonst. Also auf … los geht's.«

»Oh nein«, seufzte Renée immer noch atemlos, »soll die ganze Anstrengung umsonst gewesen sein?«

»Halt, halt, halt«, widersprach Freddy, »so einfach geben wir nicht auf.« Er zeigte mit einer ausladenden Handbewegung nach rechts, wo der Abhang einen weiten Bogen beschrieb. »Da schaut doch. Hier am Hang entlang können wir doch weiter. Wir müssen einfach nur sehr vorsichtig gehen. Einen Fuß vor den anderen. Das schaffen wir schon, keine Sorge.«

»Nein«, wendete Kai ein, »viel zu gefährlich. Schau doch, der Untergrund ist ziemlich lose. Es ist besser wir gehen zurück und suchen den richtigen Barranco. Der kann nicht weit vom ersten Barranco sein. Aber wir müssen uns beeilen, dürfen keine Zeit mehr verlieren. Es ist nach fünf und ich wage den Aufstieg nicht bei Dunkelheit. Außerdem machen die Wolken immer mehr zu. Da oben kann es dann so richtig blasen.«

»Ich mache einen Vorschlag, Kai«, versuchte Freddy es nochmal. Ich wage es erst einmal alleine. »Gebe euch den Weg vor. Ihr schaut genau die Spur, die ich nehme. Und wenn ich drüben auf der anderen Seite bin, kommt ihr gemeinsam nach, okay?«

Die anderen standen ratlos da. Sollten sie wirklich auf Freddys Vorschlag eingehen?

Doch Freddy wartete nicht so lange, bis sie sich entschieden haben würden, »wir dürfen keine Zeit verlieren«, sagte er, und schon bewegte er sich dem Abhang zu. Langsam tastete er sich vorwärts. Immer wieder rollten Steine unter seinen Füßen weg. Nach zehn Minuten hatte er es bis zur Kurve geschafft. Er ging auf allen Vieren. Kurz winkte er seinen Freunden zu. Diese blickten gebannt auf den verwegenen Abenteurer, während die Wolken, die von der gegenüberliegenden Bergkette herzogen, bedrohlich den Berg hinunterkrochen. Der Wind der aufkam wurde immer stärker. Es waren mittlerweile schon kräftige Sturmböen.

»Das schaffe ich niemals«, gab Renée zu bedenken.
»Wir nehmen dich bei der Hand«, tröstete Felix mutig.

In diesem Moment hörte man, wie der Untergrund unter Freddys Füßen mit Getöse ins Rollen kam, gefolgt von Freddys panischem Fluch: »Scheiße.« Die Freunde mussten zusehen, wie er den Hang hinunterrutschte. Er versuchte noch Halt zu finden, doch er riss die Steine nur mit sich. Ein großer Stein traf seinen Kopf. Dann überschlug er sich. Schlug zuerst mit dem Rücken auf, kugelte sich und rutschte, begleitet vom lauten, panischen Aufschrei der drei jungen Frauen oben an der Hangkante, unsanft weiter auf dem Bauch. Seine Arme verdrehten sich schmerzhaft. Sein Gesicht war blutig geschlagen, aus seinen Augen schaute die pure Angst. Dann blieb er endlich liegen. Es war plötzlich still. Totenstill. Die Freunde standen oben und schauten geschockt in die Tiefe.

»Freddy?«, rief Felix in die Tiefe. »Freddy, kannst du mich hören? Bist du sehr verletzt? Kannst du aufstehen?«

Keine Antwort. Freddy war für einen Moment weggetreten. Als er nach ein paar Minuten sein Bewusstsein wieder erlangt hatte, spürte er nur unsägliche Schmerzen. Er konnte sich nicht bewegen. Erschrocken blickte er auf seinen rechten vom Körper grotesk abgespreizten Arm. Ein zersplitterter Knochen ragte heraus.

Wieder hallte der Ruf in die Tiefe. Wie durch eine schallgeschützte Türe, erreichte er jetzt schwach auch sein Ohr.

Jemand rief immer wieder seinen Namen. Er brauchte eine Weile, bis er endlich begriff, denn sein Gehirn fühlte sich wie betäubt an. Mit jedem Mal nahm er den Ruf stärker wahr: »Freddy, kannst du mich hören? Bist du sehr verletzt? Kannst du aufstehen?«

Freddys Antwort war nur mehr ein Stöhnen.

»Nein, ich kann nicht aufstehen. Ich bin ziemlich verletzt«, brachte er nur mühsam zusammen, »ich glaube meine Knochen sind gebrochen«, gab er, so laut es in seinem halb dämmrigen Zustand überhaupt möglich war, Auskunft. Er wollte nur schlafen. Er war müde, hatte schreckliche Schmerzen am ganzen Körper. Kai stand oben am Rand. Er war leichenblass. Tränen liefen ihm übers Gesicht. Er machte sich im Stillen Vorwürfe, dass er den Weg nicht auf Anhieb gefunden hatte. Sie wären niemals hier gelandet, wenn er nicht in den falschen Barranco eingebogen wäre.

Felix zückte sein Handy: »Ich rufe im Hotel an, Sylvie soll Hilfe organisieren!«

»Das wird nicht gehen. Du hast hier kein Netz«, sagte Kai erschöpft. »Jemand muss gehen und Hilfe holen.«

»Ich gehe«, bot sich Felix an.

»Okay, wenn du den Hang wieder runtergegangen bist«, versuchte Kai zu erklären, »laufe einfach noch ein Stückchen weiter. Es muss da noch einen anderen Barranco geben, den ich kenne. Gehe zuerst in ihn hinein, aber bleibe nicht in ihm, sondern steige rechts davon auf den Kamm. Es ist ein langes Stück Weg und der Pfad ist ziemlich schmal. Du musst vorsichtig sein. Erstens ist der starke Wind sehr gefährlich und zweitens ist es schon ziemlich dunkel, so dass du den Pfad suchen musst. Du musst wirklich gut auf den Weg achten. Oben siehst du dann den Wegweiser, wie ein Wegkreuz. Von da geht's weiter Richtung Nord-Osten,

bis zum Ausgangspunkt. Das Gelände ist dann nur noch eben und überhaupt nicht mehr anstrengend.«

»Nö, ich gehe den gleichen Weg zurück, wie wir gekommen sind, denn den kenne ich«, bestimmte Felix stur und machte sich auch schon bereit zum Aufbruch.

Kai protestierte nicht gegen Felix' Vorhaben. Erst als Patty sagte, dass sie Felix begleiten wolle, widersprach er.

»Patty, du hast gar nicht die Kraft wie Felix; bleib hier; ich finde, es wäre besser, wenn noch jemand anderer gleichzeitig versucht auf anderem Weg zurückzugehen. Geh du lieber mit Anita den vorgegebenen Aufstieg zurück. Ich würde mich ja gerne selbst aufmachen, aber du weißt, dass ich das nicht kann, jetzt bei der Dunkelheit. Ich werde mit Renée hier an der Kante Wache halten. Wir müssen immer wieder mit Freddy sprechen, dass er uns nicht einschläft.«

Doch auch Patty ließ sich nichts sagen, und schon gar nicht solche Argumente wie ›*fehlende Kraft*‹. Wenn die Kraft bis hierher ausreichte, dann reichte sie doch auch zurück. Sie lief Felix hinterher. Kai fühlte sich machtlos. Er fiel in sich zusammen.

Felix, gefolgt von Patty, beeilte sich den Berg hinunterzulaufen. Sie hatten es auch sehr schnell geschafft. Als sie zum Strand wollten, bemerkten sie, dass sie das Wichtigste vergessen hatten, nämlich die Flut, das hieß sie konnten nicht mehr am Strand zurückgehen. Patty wollte wieder umkehren. Sie schrie gegen den Wind an: »Da kommen wir nie und nimmer durch, Felix.«

Doch Felix wollte davon nichts wissen, so schnell gab ein Felix Zander nicht auf. »Geh du mal lieber zurück Patty. Ich glaube, es wäre wirklich besser. Ich gehe alleine weiter«, rief er so laut er konnte zurück.

Doch sie wollte Felix nicht alleine lassen und so stiegen sie zusammen in die steil abfallende Klippe.

Die Brandung schlug ihre Wassermassen mit tosendem Gebrüll an die schroff ansteigende Uferkante. Das bedeutete, dass sie sich jetzt nur noch auf allen Vieren kraxelnd fortbewegen konnten und das kostete Kraft und Zeit. Zu allem Übel wurde der Wind inzwischen so stark, dass er kräftig an ihnen zerrte, als wolle er sie warnen, ihren Weg nicht mehr fortzusetzten.

Patty kraxelte, aus Angst vor den Wassermassen, etwas weiter oben, doch Felix blieb ziemlich tief unten, in Strandnähe. Und die Brandung schlug erbarmungslos gegen die Felsen. Gegen das Gebrüll der Brandung kam Pattys Stimme nicht an, als sie Felix zurief: »Felix, du bist zu weit unten, komm doch bitte etwas weiter nach oben. Es ist zu gefährlich, so nah an der Brandung.«

Felix zuckte nur mit den Schultern, um zu zeigen, dass er kein Wort verstanden hatte.

Wieder rief Patty ... diesmal lauter, kreischender, wobei sie ihr Rufen mit Handzeichen unterstützte.

Felix hatte gerade begonnen, zurückzurufen, dass es sich besser hier unten kraxle, weil ihm der Boden fester erschien, doch Wind und Brandung verschluckten auch seine Worte. Plötzlich ertönte ein lautes Grollen. Zwei übergroße Wellen rollten hintereinander auf den Strand zu. Schon griff die erste Welle nach Felix' Füßen. Er suchte über sich nach Halt, um sich in Sicherheit zu bringen, als die zweite verstärkende Monsterwelle ihn erfasste und mitriss.

Patty, die sich etwas nach unten bewegt hatte und dabei war, ihm ihre Hand nach unten zu reichen, schrie panisch. Sie sah in Felix' aufgerissene angsterfüllte Augen ... dann schlug sein Kopf gegen die Felswand. Sein Körper wurde wie eine leblose Puppe umhergewirbelt; mal sah man seine Arme, mal seine Beine, mal den Kopf. Und dann war er verschwunden. Man hörte nur noch das Grollen des tosenden Meeres.

Patty klagte wimmernd, von Entsetzen erfüllt. Dann, abrupt wechselte ihr Wehklagen und wurde lauter. Sie schrie ihr Leid förmlich in die Dunkelheit ... immer wieder rief sie Felix' Namen. Dann plötzlich verstummte ihr Schreien und ging erneut in verzweifeltes Schluchzen und Klagen über. Sie starrte auf die schwarzen Umrisse der Klippen. Es war eine unwirkliche Welt. Eine Welt, die sich ihr gegenüber plötzlich so ablehnend und unbarmherzig zeigte. Erst nach einigen Minuten des sich Besinnens, raffte sie sich auf, um sich auf den Rückweg zu machen. Langsam. Keuchend. Sie kroch auf dem zerfurchten Gestein, um zu den anderen zu stoßen. Sie fühlte ihre Kräfte schwinden, war erschöpft und ausgebrannt.

*

Oben an der Hangkante versuchte Renée unaufhörlich mit Freddy zu sprechen. Er gab nur schwach Antwort, fühlte sich am Ende, denn die Schmerzen raubten ihm nahezu den Verstand. Anita war wie gelähmt. Sie konnte das alles nicht fassen und schwieg. Und Kai wirkte apathisch, saß bewegungslos da und starrte in die Nacht. Unerwartet begann er zu sprechen.

»Es muss nochmals jemand los. Ich weiß nicht wie lange Freddy es da unten noch durchhält. Wir brauchen dringend Hilfe. Auch weiß ich nicht, wie gut Felix und Patty durchkommen.«

»Okay«, stimmte Renée beherzt zu, »wir werden gehen. Kommst du mit Anita? Gemeinsam packen wir das.«

»Es ist doch schon so dunkel. Wir werden den Weg nie und nimmer finden.«

»Ich habe im Rucksack eine große Taschenlampe. Es ist eine Halogenlampe. Die leuchtet ziemlich hell. Sie wird euch helfen beim Auffinden des schmalen Pfades«, sagte Kai. Kaum gesagt, kramte er sie aus seinem Rucksack und hielt sie hoch.

»Siehst du Renée, sie hat außerdem hinten an der Hülle noch einen Karabinerhaken. Damit kannst du sie irgendwo an dir befestigen, solltest du die Hände mal nicht frei haben.«

Renée nahm die Lampe, machte sie gleich am Rucksack fest, mit den Worten »ich habe nie freie

Hände mit den Stöcken«, und beide machten sie sich dann auf den Weg, den Hang hinunter, um den Barranco zu suchen. Als sie oberhalb des Strandes ankamen, sahen sie, wie nah das Wasser an dieser ansteigenden Stelle ans Ufer reichte. Hier war der Strand breiter, so dass das Wasser nicht auf der Klippe aufschlug. Sie fanden den zweiten Barranco und gingen hinein, ließen die tosende Brandung hinter sich. Renée hatte genau zugehört, als Kai Felix den Weg erklärt hatte, und so stiegen sie rechts hoch, um auf dem Kamm zu gehen. Es ging natürlich gleich mal steil bergan. Für Renée war es wieder eine gewaltige Anstrengung, vor allem, da sie jetzt noch gegen den Wind zu kämpfen hatten. Sie keuchte und stöhnte, während es für die zierliche Anita kein übermäßiger Kraftakt war. Sie überwand die Anhöhe ziemlich leicht und schnell.

»Nicht so schnell, Anita. Eine alte Frau ist kein D-Zug«, keuchte Renée.

»Ja, ja, alte Frau …«, scherzte Anita, »ich werde versuchen mich mit Sport fit zu halten, damit ich, sollte ich dein Alter je erreichen dürfen, genauso fit sein werde, wie ich es heute bin«, und beide lachten, angesichts der Tatsache, dass sie beide gleich alt waren.

Doch im weiteren Verlauf, wurde es dann auch für Anita allmählich beschwerlich, denn jetzt ging es erst richtig zur Sache. Die Steigung war gewaltig. Gottseidank hatte Kai empfohlen, die Anoraks mitzunehmen, denn der Wind zerrte an ihrer Kleidung. Der Aufstieg sorgte dafür, dass sie ziemlich ins Schwitzen kamen, doch da es mittlerweile auch einigermaßen frisch wurde, und ihre Körper schweißnass waren, fingen sie

– jetzt im Moment, da sie den Hangkantenweg erreicht hatten – dennoch an, leicht zu frösteln. Jedoch hielt dieser Zustand nicht sehr lange an. Um richtig ins Frieren zu kommen, gab ihnen die weitere gewaltige Anstrengung kaum Gelegenheit.

Sie befanden sich zwar auf dem richtigen Weg, aber dennoch war er nicht unbedingt risikoloser, als an der Küste entlang, besonders jetzt in der Dunkelheit. An manchen Stellen ist der Hangkantenweg ein sehr schmaler, steiniger und daher auch rutschiger Pfad. Langsam nur kamen sie vorwärts, und das Wegkreuz war noch lange nicht in Sicht. Beide keuchten vor Anstrengung. Jetzt ging Renée mit dem am Trageriemen ihres Rucksacks festgemachten Halogenstrahler voraus und bestimmte das Tempo. Anita, die hinter Renée herging versuchte den Weg im Lichtkegel, der im Rhythmus von Renées Bewegungen und der Windböen hin- und hertanzte, so gut wie möglich auszumachen, was zusätzlich noch erschwert wurde, weil Renée ihn mit ihrem Körper teilweise verdeckte.

Plötzlich vernahm Renée hinter sich ein Geräusch. Sie drehte sich nach Anita um, und sah wie sie ausrutschte; zuerst glitt sie nur ein Stück den Hang hinab, wollte sich wieder hochrappeln und da kamen plötzlich Steine ins Rollen. Ein großer Felsbrocken löste sich und krachte gegen ihren Körper. Durch diese Wucht verlor sie ihren Halt und ihr Körper setzte sich in Bewegung den Abgrund hinab, teils rutschend, teils kugelnd. Anitas Kopf wurde von der Wucht hin- und hergeschleudert. Ihr Körper schlug mehrfach jäh auf, und kam dann an einem Felsvorsprung zum Liegen.

»Anitaaaaa«, schrie Renée von panischem Schrecken ergriffen. Doch Anita antwortete nicht.

Renée setzte sich hin, um den Hang, mit den Beinen voraus, auf dem Po vorsichtig hinunterzurutschen. Ihre Stöcke hatte sie oben auf dem Weg abgelegt, dennoch ließ sie die Taschenlampe angebunden, weil sie ihre Hände zum Abstützen benötigte. Das zerfurchte Gestein der Klippe schnitt in ihre Handflächen. Sie schmerzten, jedoch sie achtete nicht auf ihre Hände, nicht auf die Schmerzen. Sie kannte nur eines, die Angst um ihre Freundin. Langsam kroch sie, immer wieder den Namen der Verunglückten rufend, den Hang hinab zur Freundin. Erst als sie bei ihr angekommen war, sah sie, wie schwer Anitas Verletzungen waren. Ihr Gesicht war blutig geschlagen. Ihr Körper unnatürlich verdreht. Renée blickte hilflos um sich, doch es war aussichtslos auf Hilfe zu hoffen.

»Anita, Liebes ...«, Renée fühlte sich ohnmächtig, von Furcht betäubt, konnte nicht mehr weitersprechen. Sie rückte ganz nah zu Anita hin, streichelte ihr Gesicht. Es störte sie nicht, dass es blutverschmiert war. »Anita, Liebes«, wiederholte sie. »Sag doch was!«

Anita reagierte nicht. Nur ihre Augen sprachen. Sie wirkte friedlich. Renée glaubte sogar, ein Lächeln in ihren Zügen auszumachen.

Plötzlich fing Anita ganz leise an zu sprechen. Es war mehr ein Flüstern, so dass Renée mit ihrem Ohr ganz nah an ihren Mund kam: »Es ist so hell, Renée, so wunderschön hell. Diese Klänge ... so wunderbar ... schöner, als ich sie jemals hörte.«

Renée liefen die Tränen über das Gesicht. Sie begriff, was diese Worte zu bedeuten hatten. Mit weinender Stimme flehte sie die Schwerverletzte an:

»Bleib da, Anita, bitte bleib da bei mir. Geh nicht. Bitte geh nicht!«

Anita jedoch hörte sie nicht mehr. Mit einem Lächeln um den Mund schloss sie für immer ihre Augen.

Renée war wie von Sinnen und schrie in die Nacht hinaus: »Neiiiiiiiiiin!« Sie rückte näher zur Toten, legte Anitas Kopf auf ihren Schoß und streichelte unentwegt deren blutverschmiertes Gesicht, so als könnte sie sie zum Leben erwecken. Sie wollte es einfach nicht glauben, war kurz davor, den Verstand zu verlieren.

*

Im Royal Suite Hotel in Costa Calma wurde Sylvie langsam unruhig. Die Freunde waren längst überfällig. Bei der Rezeption versuchte sie Hilfe zu organisieren.

»Meine Freunde sind nicht von der Wanderung zurückgekehrt«, sagte sie ganz aufgeregt. »Da muss etwas passiert sein. Ich brauche Hilfe«

Der Portier versuchte sie zu beruhigen. »Sie werden irgendwo eingekehrt sein, und haben vergessen auf die Uhr zu gucken.«

Doch so einfach ließ Sylvie sich nicht abwimmeln. »Hören Sie, wenn sie eingekehrt wären, hätten sie mich doch längst angerufen. Die machen so etwas nicht … einfach so zu versumpfen, ohne sich zu melden, schon gar nicht mein Freund. Der weiß, wie sehr ich mich sorge, wenn ich so lange nichts von ihnen höre. Und schließlich sind sie schon seit heute Morgen zehn Uhr unterwegs. Sie müssten doch längst zurück sein.«

Sie blickte den Portier flehentlich an. »Bitte, rufen Sie die 112 an. Ich würde es ja selbst gerne tun, aber ich kann doch kein Spanisch.«

»Ja gut«, sagte der Portier, »das ist wirklich schon sehr lange her. Zehn Uhr sagten Sie?«

Sylvie nickte.

»Sagen Sie mir bitte noch, wo genau die Gruppe wandern wollte! Wenn ich die Rettungsleitstelle anrufe, muss ich ja irgendwelche Angaben machen können.«

Sylvie ist froh, dass sie, trotzdem sie nicht mitkonnte, so gut aufgepasst hatte. So konnte sie präzise Angaben machen. »Pecenescal. Sie sind mit dem Bus bis zum Ausgangspunkt gefahren. Und dann den normalen Weg bis zum Strand hinunter. Sie wollten am Strand auch noch eine Weile verbringen. Das Wetter war ja auch noch so schön.«

Der Portier presste die Lippen zusammen und zog die Augenbrauen hoch. »Hm ... das wäre nicht das erste Mal, dass dort etwas passierte«, sagte er mit der Mimik des Erfahrenen, »man wird, wegen der schlechten Zugänglichkeit, den Rettungshubschrauber der GES[2] anfordern müssen.«

*

In der Zwischenzeit ist auch Patty wieder an der Hangkante oben angekommen, wo Kai alleine wartete, und immer wieder mit Freddy sprach.

Sie sah sehr mitgenommen aus. Eine jämmerliche Gestalt. Beim Hochkraxeln ist sie mehrmals abgerutscht und gestürzt. Ihre Hände bluteten und ebenso war ihr Gesicht blutverschmiert. Die rechte Hand war

---

[2]) Grupo de Emergencias y Salvamento

dick geschwollen und sie humpelte. Vermutlich hatte sie sich den Knöchel verstaucht. Sie war völlig aufgelöst. Über ihr Gesicht liefen Tränen.

Als Kai sie sah, war er ziemlich erschrocken über Pattys desolaten Zustand und dennoch erleichtert, sie lebend zu sehen. »Wo ist Felix?«, fragte er.

»Felix ist … ist tot«, sagte Patty mit tränenerstickter Stimme, »die Brandung hat ihn mitgerissen. Ich habe ihn verloren. Es handelte sich nur um Sekunden.« Patty musste schlucken, dann fuhr sie fort, »ich werde seine panisch aufgerissenen, angsterfüllten Augen mein Leben nicht vergessen.«

Kai nahm diese Nachricht ohne große Gefühlsaufwallung entgegen. Er saß nur bewegungslos da, sein Blick war starr in die Dunkelheit gerichtet. Er war leichenblass, schien dieses dramatische Ereignis nicht verdauen zu können.

Doch Patty konnte sich nicht beruhigen. Sie hatte einen Weinkrampf. Das war alles nur schwer zu ertragen. Sie zitterte am ganzen Körper. Mit erstickter, leiser Stimme fragte sie: »warum hast du Felix denn nichts gesagt? Du hast doch bestimmt gewusst, dass die Flut kommen würde, oder nicht?«

»Patty, du warst doch dabei, als ich ihm den Weg erklärte. Aber er wollte ja nicht hören, stur wie er nun mal ist … ähm … war.« Diese lapidare Antwort auf dieses tragische Ereignis schmerzte sie tief im Innern.

»Aber die Flut hattest du nicht erwähnt. Du hättest doch sagen müssen, dass die Brandung sehr stark sein kann und ans Ufer schlägt.« Doch andererseits wusste sie natürlich auch, dass Felix sich mit diesem Argument womöglich nicht unbedingt von seinem Vorhaben hätte abbringen lassen, weil er sich – seiner sportlichen Fitness selbstherrlich bewusst – ebenso wenig wie Freddy, gerne etwas sagen ließ. Es sei denn, Kai hätte ganz klar erklärt, wie es wirklich hier sein konnte. Hätte er erklärt, dass die Brandung bis zum Rand hochrollen würde und der Rückweg am Strand praktisch abgeschnitten und ein Durchkommen daher unmöglich sei, und vor allen Dingen, wenn er dann auch energisch darauf bestanden hätte, dass Felix seine Warnung ernst nehme. Sie glaubte, dass Felix sich dann sicher hätte überzeugen lassen. Aber Kai hatte ja nicht einmal widersprochen, machte nicht einmal den Versuch, es zu erklären. Sein Einwand kam erst, als sie sagte, sie wolle Felix begleiten.

»Wi-wie denn, Patty? Wi-wie sollte ich es wissen?«, begann Kai plötzlich stotternd, denn seine Redesicherheit verließ ihn so abrupt, wie sie gekommen war. Es klang fast ein bisschen weinerlich »I-ich bin doch no-noch nie bei Fl-Flut dort ge-ge-gangen. Wi-wie sollte ich wissen, w-wie hoch das Wa-Wasser steigt?«

Patty schaute ihn ganz verdutzt an. Irgendwie tat Kai ihr jetzt leid. Er schien in ein Loch gefallen zu sein, *sein* psychisches Loch, worüber sie an Silvester mit Felix diskutiert hatte.

Dabei konnte er doch nichts dafür, für dieses ganze Dilemma, dachte sie. Er wollte den richtigen Weg suchen. Doch niemand hatte auf ihn gehört. Niemand, einschließlich ihr selbst. Zuerst war es Freddy, der unbedingt den falschen Weg hoch wollte und den verhängnisvollen Übergang wählte, und dann auch die anderen. Alle folgten bedenkenlos Freddy, der als Abenteurer hinlänglich bekannt war. Und dann Felix.

Ja, es stimmte, dass Felix ebenso stur auf den Rückweg am Strand bestand, aber auch nur, weil er die Gefahr dieser gewaltigen Flut nicht kannte. Patty war überzeugt, hätte er es gewusst, wäre er nicht diesen verhängnisvollen Weg gegangen. So unvernünftig war er nun auch wieder nicht. Dazu liebte er das Leben zu sehr. Als sie in den Klippen hingen, war es für die Rückkehr natürlich zu spät und schließlich wollte er unbedingt Hilfe holen. Somit wollte und konnte er auch nicht mehr zurück. Das ließ sein Stolz nicht zu. Peinlichkeiten erlaubte er sich nicht gerne. Er war doch der Starke, Zähe, Sportliche.

Plötzlich blickte Patty um sich. »Sag mal Kai, wo sind eigentlich die andern beiden? Sind die separat los, so wie du mir zuerst vorgeschlagen hattest?

»Ja, Re-Renée und Anita ver-versuchen es über den o-offiziellen Aufstieg. Sie si-sind schon eine Weile u-unterwegs und müssten jetzt o-oben beim W-Wegkreuz angekommen sein.«

»Okay, dann kommt sicher bald Hilfe. Oh mein Gott, dieser Wind macht mich noch ganz verrückt«, klagte Patty.

»S-Sei froh, d-dank Wind, hä-hängen d-die Wolken nicht mehr so tief. Es ist jetzt wieder etwas k-klarer.«

Wieder schniefte Patty und fuhr sich mit dem Ärmel über die Nase. Sie schüttelte immer wieder ihren Kopf, konnte das Ganze nicht fassen. Felix war tot, dabei hatte sich doch erst vor ein paar Tagen zwischen ihnen eine zärtliche Romanze entwickelt.

»Und, wie geht es Freddy? Hast du von ihm immer wieder gehört?«, fragte sie noch immer mit tränenerstickter, zittriger Stimme. Sie konnte sich einfach nicht beruhigen.

»Ja, wir ...«, hatte Kai begonnen, als er abrupt abbrach. Er starrte in die Berge.

»Was ist?«

»Dort oben, sch-schau dort im Hang ... da sind Leuchtzeichen.«

Tatsächlich, da beschrieb ein Licht Kreise und im Wechsel mit den kreisenden Bewegungen ging es im Rhythmus des SOS-Zeichens immer wieder ein und aus. Kai wirkte besorgt.

»Was bedeutet das, Kai? Kommt da jemand zu Hilfe?«

Kai schüttelte traurig den Kopf. Mit vibrierender Stimme und immer noch stotternd sagte er, »W-Wenn Hilfe k-käme, käme sie n-nicht im Hang d-drinnen. Die b-beiden, Renée und Anita ha-haben es nicht bis zum W-Wegkreuz g-ge-geschafft. Sie h-hängen in den B-Bergen.«

»Oh nein«, schrie Patty. »Wir müssen da hoch, und sehen, was passiert ist! Das war doch ganz klar ein SOS-Zeichen.«

»D-Du m-mit deinem ka-kaputten Knöchel? Und o-ohne Ta-Taschenl-lampe? F-Freddy d-dürfen w-wir auch ni-nicht alleine la-lassen. A-aber, i-ich d-denke, d-dass so-so-wieso b-bald H-Hilfe k-kommt. S-Sylvie macht sich b-bestimmt S-Sorgen. S-sie w-wird s-sicher H-Hilfe o-o-organisieren.«

»Stimmt, du hast recht, Kai. Wenn ich es mir genau überlege, hätte sich eigentlich niemand auf den Rückweg zu machen brauchen. Wir hätten auch bei geglücktem Durchkommen absolut keine Zeit gewinnen können. Egal wie, wir wären immer zu spät gewesen«, hatte Patty jetzt, angesichts des schlechten Zustands von Kais Psyche, wieder etwas gefasster und sicherer mit guten Argumenten reagiert. Sie war gewohnt, immer dann stark zu sein, wenn andere schwach wurden.

Beide saßen in Gedanken versunken da. Es war eine gespenstische Stille.

Unerwartet vernahm man von der Tiefe Freddys angstvolle Stimme, es war nicht sehr laut, aber Patty konnte ihn gut hören.

»Halloo, ist noch jemand da?«, fragte Freddy, »ich höre nichts mehr. Habt ihr mich nun alleine zurückgelassen?«

»Nein, Freddy, wir sind noch da«, beeilte sich Patty, um den Verunglückten nicht noch mehr zu beunruhigen, »wir haben nur das Szenario des weiteren Vorgehens diskutiert.«

Sie vermied es tunlichst, von Felix' Tod und auch vom Scheitern der beiden Freundinnen, die da oben irgendwo im Berg hingen, zu sprechen. Freddy sollte, zu seinen Schmerzen hin, nicht auch noch damit belastet werden.

Plötzlich zerriss ein Gebrumm die Stille. Man konnte das typische Geräusch eines Hubschraubers, das entsteht, wenn die Rotoren die Luft durchschnitten, hören. Zwar konnte man noch nichts sehen, doch das satte Blubbern der Rotorblätter erfüllte die Umgebung. Jetzt konnte man in der Ferne, ganz oben am Bergkamm etwas ausmachen. Das laute Klack, Klack, Klack wurde beim Näherkommen vom typischen Flapp, Flapp, Flapp abgelöst.

Der Wind hatte ganz plötzlich und unerwartet etwas nachgelassen, so als hätte eine Riesenhand eine Glocke über das gespenstische Szenario gestellt, die nur ab und an eine Böe durchließ. Es war geradezu eine Wohltat. Vor allen Dingen wurde dadurch die Rettung nicht noch zusätzlich erschwert. Die Scheinwerfer des Hubschraubers tasteten das bergige Gebiet ab. Der Pilot entdeckte den Lichtkegel der Taschenlampe, die Renée wild schwenkte und blieb über der Unfallstelle stehen. Das Geräusch des Rotors dröhnte ohrenbetäubend, und die Türe des Hubschraubers wurde geöffnet. Durch ein Megaphon hörte Renée eine Stimme rufen. Renée signalisierte mit Schulterzucken, dass sie wegen des Lärms nichts verstehen konnte.

Ein Seil wurde heruntergelassen und eine Einsatzkraft ließ sich vom Helikopter abseilen. Noch am Seil hängend rief er ihr, dank seiner deutschen Wurzeln, in einwandfreiem Deutsch, nochmals laut und deutlich zu und nun verstand Renée: »Sind sie sehr verletzt, können Sie aufstehen?«

»Ich bin nicht verletzt, aber …«, Renée brach in Schluchzen aus, »meine Freundin hier … sie ist tot.«

Der Rettungsassistent ließ sich absetzen: »Wo sind die anderen? Wir wurden informiert, dass es sechs Leute sind, die nicht zurückkehrten.«

Renée zeigte in die Richtung wo Kai und Freddy sein müssten. »Dort, auf der gegenüberliegenden Seite, oben auf dem Hügel sind zwei. Ein Kollege ist abgestürzt und ich glaube ziemlich schwer verletzt, der andere hält oben Wache. Und die anderen beiden haben sie ja schon kennengelernt, es sind die beiden, die Sie alarmiert hatten. Wir, meine Freundin hier und ich, sind ebenfalls losgezogen, weil wir auch Hilfe holen wollten. Wir dachten, auf Nummer sicher zu gehen. Dann ist sie ausgerutscht und so unglücklich gestürzt, dass sie …«, Renée stockte, »… dass sie starb.«

Der Rettungsassistent, gab nach oben auf Spanisch einen Funkspruch durch, und es wurden ein zweiter Helfer, der sich als Notarzt herausstellte, und eine Trage abgeseilt. Der Arzt bestätigte nach kurzer Untersuchung Anitas Tod.

»Es ist niemand in Costa Calma angekommen. Wir wurden von einer jungen Frau aus dem Hotel alarmiert«, sagte der Helfer noch, bevor er sich mit dem Arzt an die im steilen Abhang komplizierte Bergung von Anita machte.

Renée zuckte bei diesen Worten zusammen, denn eine entsetzliche Ahnung überkam sie. Panische Angst nahm von ihr Besitz. Um Himmels willen! Sie haben es nicht geschafft? Sie schlug eine Hand vor den Mund und schaute den Helfer mit weit aufgerissenen Augen entgeistert an, was der gute Mann nicht deuten konnte. Was konnte denn noch schlimmer sein, als zu erleben wie eine Freundin unter den eigenen Augen starb?

»Wir werden Sie beide jetzt zu den anderen dort drüben bringen und Sie dort wieder absetzen. Es gibt in einem Heli nicht so viel Platz, dass wir alle mitnehmen können. Am wichtigsten ist jetzt natürlich, dass wir den Schwerverletzten als erstes bergen, bevor wir Gesunde transportieren«, sagte er nüchtern und ziemlich teilnahmslos. Man spürte, dass dieser Mann einen Routinejob tat.

Mit einer seitlichen Seilwinde wurde die Trage mit Anita hochgehievt. Sie blieb aber außerhalb des Helis.

Renée beobachtete das ganze Manöver mit Argusaugen. Dann wollte der Helfer Renée festmachen. »Ich soll da am Seil hochgezogen werden?«, fragte sie ganz skeptisch. »Na, wie sonst wollen Sie da wegkommen?«, fragte der Assistent und machte Renée fest. Zusammen mit dem Notarzt wurde sie dann in den Hubschrauber gehievt.

Als alle drei im Heli untergebracht waren, setzte der Pilot den Flug Richtung Unfallstelle an der Hangkante fort, während der Arzt Renées zerschnittene Hände versorgte.

Patty und Kai verfolgten die Rettungsaktion aufmerksam. Sie erschraken natürlich, als sie sahen, dass jemand außerhalb des Helis auf einer Trage transportiert wurde. Patty schlug beide Hände vors Gesicht und ein erschrockener Seufzer entfuhr ihr. Kai zeigte keine Regung. Er war leichenblass, starrte nur apathisch vor sich hin. Erst als der Assistent die Trage mit Anita abgesetzt hatte, erkannten die beiden die ganze Tragweite des Unglücks. Renée wurde jetzt ebenso heruntergelassen und dann fielen sich die beiden jungen Frauen in die Arme und schluchzten.

»Patty, wo ist Felix?«, fragte Renée das Schlimmste befürchtend. Patty weinte, als sie Renée erzählte, was passiert war. Welche Tragödie!

»Und du bist ja auch verletzt«, bemerkte Renée erschrocken.

Patty winkte ab: »Nicht so schlimm. Bin nur umgeknickt und gestürzt, ungeschickt gestürzt.«

Die Einsatzkräfte ließen sich zu Freddy abseilen. Der Verunglückte war in einem äußerst schlechten Zustand. Schädelhirn- und Rippen-Trauma, so die Ad-hoc-Diagnose des Arztes. Aufgrund von Freddys Reaktionen auf die vom Arzt zum Test durchgeführten Reize, konnte er jedoch den Schweregrad zum Glück als nicht beängstigend, zumindest vorläufig, oder gar als lebensbedrohlich bezeichnen. Des Weiteren hatte Freddy zahlreiche Prellungen. Äußerst schlimm waren vor allem auch die Verletzungen an den oberen Extremitäten, eine schwere Fraktur des rechten distalen Unterarmes mit Gelenkbeteiligung, wobei sowohl die Ulna als auch der Radius mehrfach zersplittert waren, Trümmerfraktur des Handgelenks.

Begleitet von Freddys schmerzerfülltem Stöhnen, fixierte der Arzt den Arm provisorisch in einer Schaumstoffschiene und versorgte offene blutende Wunden. Ganz vorsichtig, Freddys Schmerzgeschrei erreichte nun den Höhepunkt, hoben die beiden Männer den Schwerverletzten auf die Trage, wo sie ihn gut fixierten. Die Schmerzen waren unerträglich und Freddy glaubte, diese Qual nicht zu überleben. Dann wurde er zusammen mit dem Arzt per Seilwinde an Bord des Hubschraubers gehievt, wo der Mediziner alles für die Kontrolle der Vitalparameter bereitmachte. Die darauf folgende Spritze gab ihm dann endlich die ersehnte Ruhe.

Danach ließ sich der Rettungsassistent bis zu der Gruppe oben an der Hangkante bringen. Dort wollte er wissen, ob der Verletzte kurzfristig ohne Bewusstsein gewesen sei, was Renée bestätigte. Es habe eine Weile gedauert, bis Freddy auf Rufe reagiert habe, erklärte sie. Und schließlich wollte der Helfer auch noch wissen, wo die sechste Person sei.

Erst jetzt, beim Blick in die Gesichter der drei jungen Leute, begriff er, warum die Frau namens Renée oben im Berghang so erschrocken reagierte. Er schüttelte vor Unverständnis nur den Kopf, als er vernahm, dass auch diese Person ihr Leben ließ, dass sie von der Brandung ins Meer gerissen wurde. Jeder wisse doch, dass man bei Flut hier niemals an der Küste durchkommt. Warum sind die Leute so leichtsinnig? Er wird es nie verstehen! Wie viele Menschen musste er mit seiner Mannschaft während seiner langjährigen Berufstätigkeit als Rettungsassistent wegen solcher Unvernunft schon retten?

›*Zwei Tote, ein Schwerverletzter, Bilanz eines Ausflugs*.‹ Er schüttelte immer wieder den Kopf.

Dann desinfizierte er noch eben Pattys Wunde, legte ihr einen provisorischen Verband an, damit die Wunden an ihren Händen nicht noch mehr verschmutzt würden. Die Trage mit der inzwischen gut eingepackten Anita wurde wieder, wie zuvor, an der äußeren seitlichen Seilwinde angebracht.

»Wir bringen den Verletzten ins Krankenhaus von Puerto del Rosario. Danach werden wir Sie holen und ebenso ärztlich versorgen lassen. So lange müssen Sie sich leider noch gedulden. Ein Hubschrauber bietet nicht so viel Platz, um alle zu befördern; ja, und dann müssen wir versuchen, die Leiche Ihres Freundes zu bergen. Doch das muss bis morgen warten.« Mit diesen Worten verließ er die traurige, auf drei Mitglieder geschrumpfte Gruppe an der Hangkante, indem er sich ebenfalls in den Helikopter hochziehen ließ. Die drei blickten dem Hubschrauber nach, bis er hinter der Bergkuppe verschwunden war.

7

Die Unglücksnacht

Es war eine lange Nacht. An Schlaf war nicht zu denken. Die sonst so lebensfrohe Sylvie, die in der Regel für alles immer eine plausible Lösung parat hatte, war außer sich vor Schmerz. Sie fühlte sich der Sinne beraubt. Wie war das nur möglich? Kai war doch ein erfahrener Wanderer. Sie wollte genau wissen, was passiert war. Doch die Informationen, die sie erhielt, kamen so spärlich, so bruchstückhaft. Diese Ungewissheit ließ sie die Fassung verlieren. Ihre Stimmung wechselte von zu Tode betrübt bis rasende Wut.

Patty, deren Verletzungen im Centro de Especialidades médicas Costa Calma versorgt worden waren, und Renée weinten nur, und Kai schwieg, saß bewegungslos da und blickte starr ins Leere.

Als Sylvie sich gerade in der Phase der Wut befand, wurde sie ziemlich laut, ging zu Kai, packte ihn an den Schultern und schüttelte ihn: »Sag etwas, Kai. Sag endlich etwas. Wie konnte das passieren. Du warst doch so sicher, was diese Insel anbelangt. Du kanntest dich doch aus. Warum? Warum nur? Los, sprich endlich! Sprich!«, polterte sie unermüdlich auf ihn ein.

»Hör auf, Sylvie, hör auf!«, schrie Renée, wie aus der Lethargie erwacht, »Kai ist unschuldig. Er ist unschuldig!«

Sylvie ließ von Kai ab und sank genau so plötzlich in sich zusammen, wie sie kurz zuvor aufbrauste. Ja, vielleicht tat sie Kai unrecht. Man hatte ihr erzählt, dass Freddy an der ganzen Misere schuld gewesen sein soll. Sie wusste, dass Freddy ein Draufgänger war, ein Abenteurer, der das Schicksal manchmal herausforderte … tausend Mal ging es gut, das tausend und eine Mal kam dann die Quittung für die Unvernunft.

Aber dennoch, die anderen beiden hätten doch nicht zu sterben brauchen. Das war doch unsinnig.

Es nutzte nichts, darüber nachzudenken. Sie würde es wohl nie erfahren, zumindest in dieser Nacht nicht mehr. Sie wusste nur, dass sie nächsten Tags gleich mal ins Krankenhaus nach Rosario fahren würde, um Freddy zu sehen und von ihm etwas mehr zu erfahren.

Doch Renée sagte, dass Freddy von den Ereignissen, nach seinem Absturz gar nichts wissen könne. Er habe ja schwer verletzt und hilflos da unten gelegen und habe nichts mitbekommen.

»Wir haben ihm nichts gesagt. Er hatte es doch so schon schwer genug mit seinen Schmerzen. Da wollten wir ihn doch nicht noch zusätzlich mit diesen Horrornachrichten belasten«, hatte sie erklärt.

Sylvie, die in diesem nüchternen Moment der Diskussion ihre Fassung wieder gefunden hatte, nickte immer nur … Ja, klar …. Sie hätte ebenso gehandelt. »Ihr habt es schon richtig gemacht, Renée, ich hätte vermutlich auch nichts gesagt. Einzig, ich hätte Freddy zuvor schon, bevor er in diese Lage gekommen wäre, verboten, den Weg zu gehen und zwar hartnäckig verboten.«

»Du kennst Freddy. Von uns hätte er sich nichts sagen lassen. Von dir vermutlich schon eher, aber niemals von uns«, kommentierte Renée Sylvies Erklärung.

Aber nun, was sollte Sylvie jetzt zu diesem Zeitpunkt über das Wie?, Was? und Warum? philosophieren? Es brachte doch nichts, sie musste sich zusammenreißen. Sie konnte doch nicht untätig herumhängen und lamentieren, musste stattdessen aktiv werden, denn es gab noch einiges zu erledigen. Und da sie die einzige war, die sich noch in einem halbwegs psychisch stabilen Zustand befand, war sie es, die aktiv werden musste.

Sie versuchte gedanklich vorwegzunehmen, was an Aufgaben alles anstand:

Die Familien der beiden Verstorbenen, mussten benachrichtigt werden. Dazu musste sie sich zuerst vor Ort über Überführungsmodalitäten oder mögliche Bestattung auf Fuerte informieren, um den Familien konkrete Vorschläge unterbreiten zu können. Natürlich musste dazu erst einmal Felix' Leichnam gefunden werden. Sie konnte doch nicht erzählen, dass Felix noch verschollen sei. Eine solche Nachricht wäre für die Familie unerträglich.

Und ganz wichtig, sie musste Freddys Vater anrufen. Aber auch dazu musste sie zuerst Freddy selbst gesehen haben, um überhaupt Bericht erstatten zu können. Man sagte ihr, dass seine Verletzungen ziemlich schwer seien, doch davon mochte sie sich gerne selbst zuerst ein Bild machen können. Schließlich wollte sie konkret werden können, wenn sie ihn anrief. ›*Vielleicht kann Freddy mir doch noch ein bisschen mehr sagen. Ich will endlich verstehen können.*‹ Doch diese Idee verwarf sie gleich wieder, zumal ja Renée ihr darüber jede Hoffnung nahm.

Die Gedanken wirbelten in ihrem Kopf wild durcheinander … ›*womit fange ich an, was ist das Wichtigste?*‹ Ihr wurde ganz schwindlig.

Sylvie war klar, dass es an ihr hing, jetzt alles, was wichtig war, in die Hand zu nehmen. Die anderen, vom Schock wie gelähmt, waren dazu nicht fähig.

Auf der anderen Seite war für Sylvie diese umtriebige Geschäftigkeit eine willkommene Ablenkung, um nicht auch noch in Lethargie zu verfallen.

8

Der Tag danach

Sylvie war schon früh auf den Beinen. Obwohl ihr Herz schwer war, war sie von unglaublicher Betriebsamkeit erfüllt. Als Unfall-Unbeteiligte war ihre Befindlichkeit besser, als die der anderen. Sie hatte ja nichts gesehen, keine Leiche, keinen Schwerverletzten, also verfolgten sie auch keine Bilder, und die Vorfälle selbst kannte sie nur vom Hörensagen.

Sie hatte sich vorgenommen, sich zuallererst über Formalitäten zu informieren, und dann die Angehörigen zu benachrichtigen. Die spanische Behörde hatte sich mit ihr geeinigt, dass sie als Mitglied der Wandergruppe diese Aufgabe übernehmen solle. Man wollte von Amts wegen nicht vorgreifen, zumal Felix ja noch nicht gefunden war.

Das Wetter an diesem Vormittag war sehr gut. Ein Suchtrupp ließ sich um 11:00 Uhr zum Unglücksstrand bringen. Die Niedrigwasserankündigung war um fast eine Stunde später, als die des Vortages angesagt. Gegen 13:00 Uhr wurde Felix' Leiche weit abgetrieben von der eigentlichen Absturzstelle gefunden. Der noch sehr junge Rettungshelfer, der den Leichnam auf den Felsen beim Roque del Morro hingeschmettert fand, stand unter Schock. Es war das erste Mal, dass er selbst einen so übel zugerichteten Leichnam fand. Tränen liefen ihm über die Wangen, als er in das total zerschmetterte Gesicht starrte. Genau genommen war es gar kein Gesicht mehr. Es war ein unförmiger Mix aus Fleisch, Blut und Knochensplittern. Der Körper war zerschunden und ebenfalls schauten Knochen aus den sichtbaren Gliedmaßen heraus; ein Bein war unnatürlich, seitlich abgeknickt. Es war ein Bild des Grauens, das ihn noch lange im Geist verfolgen würde.

Anhand der Kleidung konnte Felix von den Freunden eindeutig als die am Vortag verunglückte Person identifiziert werden. Eine Leichenschau zur Identifikation blieb ihnen somit, Gott sei's gedankt, erspart.

*

Es wimmelte von Polizisten, doch die Auskünfte flossen spärlich. Alle drei, Patty, Renée und Kai waren nicht vernehmungsfähig. Es war am Tag danach fast noch schlimmer, als direkt nach dem Unglück, so zumindest empfand es Sylvie. Der Fall würde vermutlich als Unglücksfall, wie sie in Fuerteventura immer mal wieder vorkommen, ad acta gelegt werden.

Sie selbst hatte die schlimmste Aufgabe, die Benachrichtigung der Angehörigen von Felix und Anita, einigermaßen unbeschadet hinter sich gebracht. Sie hatte schwer gekämpft, denn die Gefühlsausbrüche waren ergreifend, gingen ihr sehr nahe.

Sie selbst bemühte sich, stark zu bleiben, indem sie versuchte die Informationen, die sie einholte, möglichst sachlich und verständlich rüber zu bringen, was ihr in ihrer nicht gerade alltäglichen Verfassung schwer genug fiel. Die beiden Familien Zander und Schmied hatten Sylvies Ratschlag angenommen, ihre Kinder vor Ort einäschern zu lassen und die Urne dann im Reisegepäck, mitsamt aller erforderlichen Unterlagen, nach Deutschland mitzunehmen. Es sei die günstigste Variante, hatte sie ihnen erklärt, denn eine Leichenüberführung sei extrem teuer, praktisch unbezahlbar. Da rentiere sich der Flug für vier Personen nach Fuerteventura allemal. Sylvie war froh, dass sie sich ganz nüchtern auf das Finanzielle konzentrieren konnte. Sie wusste ja, dass die beiden Familien nicht sehr vermögend waren und der finanzielle Aspekt, trotz der großen Trauer, ein sehr wichtiger war. Sie selbst konnte sich auf diese Art emotional zurückhalten.

Nachdem alles soweit geklärt war, saß Sylvie nun in einem Mietwagen in Richtung Puerto del Rosario, um ihren verletzten Freund im Krankenhaus zu besuchen. Sie wollte Klarheit über den missglückten Ausflug erhalten, zumindest aus Freddys Blickwinkel. Irgendetwas wird er ja wohl noch wissen.

Die aktuelle Situation im Hotel ertrug sie auf jeden Fall nicht mehr. Ihre Freunde waren irgendwie alle drei wie durch den Wind … sie schienen kurz vor dem Durchdrehen. Außer Kai, der wirkte eher wie geistig weggetreten. Er befand sich in einem erbärmlichen, ja beängstigenden Zustand. Als sie die Freunde an diesem Tag verließ, kam, vom Notarzt veranlasst, eine Psychologin ins Hotel, um die traumatisierten jungen Leute zu betreuen. Sylvie selbst war froh, dieser unglückseligen Stimmung entkommen zu sein.

Im Krankenhaus meldete sie sich beim Schalter, wo man sie direkt ins zweite Stockwerk dirigierte. Der typische Krankenhausgeruch stieg ihr in die Nase. Es war eine Mischung aus Putz- und Desinfektionsmitteln. Ihr wurde bei diesen Gerüchen ein bisschen mulmig zumute, besonders in der Magengegend.

Als sie sich nach Freddy erkundigte, hatte sie, als nicht direkte Angehörige, das Glück, gleich einen Arzt sprechen zu können. Dass sie mit Freddy liiert war und die Informationen benötigte, um dem Vater des Verletzten Bericht erstatten zu können, ließ der gute Mann gelten und erteilte bereitwillig die Auskünfte.

»Ihr Freund hat ein Schädel-Hirn-Trauma – übrigens eine relativ häufige Verletzung – und er hatte wirklich Glück. Wir teilen ein Schädel-Hirn-Trauma in drei Schweregrade ein. Bei Ihrem Freund ist es der Grad I, leichtes Trauma. Er war, wie er selbst vom Gefühl her glaubte, und wie eine Freundin auch bestätigen konnte, nur kurz ohne Bewusstsein. Als die Helfer bei ihm ankamen, öffnete er sofort die Augen, und auf die zum Test durchgeführten Reize reagierte er spontan, ebenso ist sein verbales Reaktionsvermögen unauffällig. Es können natürlich jetzt im Nachhinein Kopfschmerzen, Schwindel und unter Umständen Desorientiertheit auftreten. Erinnerungslücken scheint er nicht zu haben, so der erste Eindruck des Notarztes. Seine Bewegungsfähigkeit ist nicht gravierend eingeschränkt, die Körpermotorik funktioniert also entsprechend gut. Der Wadenbeinschaftbruch musste nicht operiert werden, eine mehrwöchige Ruhestellung wird ausreichen. Der Bruch ist im mittleren Bereich eingetreten, ohne dass das Schienbein und die Bänder davon betroffen waren, auch waren die Bruchstücke nicht verschoben. Eine Stabilisierung im Gipsverband reichte aus.«

Wenn Sylvie nun glaubte, dass der Arzt an dieser Stelle mit seinem Bericht am Ende angelangt war, täuschte sie sich. Er schien nur Luft zu holen, um dann weiterzusprechen. ›*Um Himmels willen, was kommt denn noch*?‹, dachte sie voll Sorgen.

»Diese Bewegungsfähigkeit, die ich ansprach, trifft natürlich nur im Zusammenhang mit seinem Schädel-Hirn-Trauma zu. Ihr Freund hat nämlich noch eine andere Verletzung, die seine Bewegungsfreiheit etwas einschränkt und zwar zog er sich eine Wirbelkörperfraktur an der unteren Brustwirbelsäule zu. Wir führten bei ihm eine Spondylodese durch. Das ist eine Wirbelkörperversteifung mittels eines Schrauben-Stab-Systems. Zur Stabilisierung haben wir ihm ein Stützkorsett angelegt, das er dann noch mindestens zwanzig Wochen tragen muss. Eine weitere schlimme Verletzung allerdings ist die Fraktur am rechten Unterarm. Er hatte einen Trümmerbruch. Wir operierten sofort, und die OP ist auch gut geglückt. Nun braucht ihr Freund viel Geduld für die Genesung.«

Aha, das also war sozusagen auf die Schnelle Freddys Zustand, nüchtern dargestellt? Sylvie wurde ganz schwindlig bei der Aufzählung der ganzen Blessuren, ließ sich aber insofern trösten, als dass Freddy, trotz der Schwere seiner Verletzungen alles in allem sehr viel Glück hatte. Ein schweres Schädel-Hirn-Trauma zum Beispiel und/oder eine schwerere Wirbelkörperverletzung hätten durchaus einen Pflegefall aus ihm machen können. Als der Arzt erfuhr, dass es bei diesem Ausflug zwei Tote gab, legte er Sylvie sehr ans Herz, darüber beim Patienten noch nichts verlauten zu lassen. Es wäre für seinen psychischen Zustand nicht gerade zuträglich, hatte er ihr gesagt.

Dann endlich durfte Sylvie zu ihm. Als sie Freddy, so lädiert wie er war, sah, liefen Tränen über ihre Wangen. Freddy versuchte zu lächeln. Er konnte jedoch nicht sprechen, denn noch stand er unter dem Einfluss der Narkose. Er schien in einem halbdämmrigen Zustand zu schweben. Keine Chance für Sylvie, von ihm irgendetwas in Erfahrung zu bringen.

Würde die Wissenslücke zu den Ereignissen überhaupt je gefüllt werden? Sie würde auf jeden Fall nicht aufgeben, würde nochmals versuchen, Patty und Renée zu löchern, bis etwas Sinnvolles, Überzeugendes herauskam.

Erst jetzt, auf dem Weg zum Auto rief sie endlich Freddys Vater an und berichtete ihm von den verhängnisvollen Ereignissen und Freddys schlimmen Verletzungen. Er bat Sylvie daraufhin, um beste privatärztliche Versorgung besorgt zu sein und sobald Freddy transportfähig sei, alles Notwendige für eine baldige Rückführung seines Sohnes nach Deutschland zu veranlassen. Er vertraue ihr, versicherte er, und sie erhalte von ihm sämtliche Handlungsvollmacht, auf seine Kosten alles Nötige in die Wege zu leiten. Dann bat er sie, so lange in Fuerteventura zu bleiben, bis Freddy transportfähig sei.

Er sei im Moment leider nicht abkömmlich, würde in Deutschland dringend gebraucht. Außerdem, wenn er, der Vater, nun auch noch nach Fuerteventura käme, würde er nicht mehr ausrichten können, als Sylvie.

Er würde natürlich selbstverständlich auch für die Kosten ihrer Unterbringung aufkommen.

9
Lokaltermin

Patty brachte sich als erstes wieder auf die Reihe. Sie wirkte im Vergleich zu den anderen schon etwas gefasster. Ziemlich früh am Morgen trat sie an Sylvie heran und äußerte den Wunsch, den Weg Valle de Pecenescal mit ihr zusammen nochmals zu gehen. Sie würde gerne am Bergkamm zwei Gedenkkreuze anbringen.

»Meinst du nicht, dass das zu gefährlich ist? Wir wollen das Schicksal doch nicht herausfordern«, wandte Sylvie ein.

»Sylvie, die Wanderung als solches ist gar nicht so gefährlich, wenn man sich an die Regeln hält. Wir waren nur unvernünftig. Bitte Sylvie, ich muss noch einmal hin. Wenn ich alles wieder sehe und geistig verarbeiten kann, hilft es mir für die Traumabewältigung, und …«, sie wischte sich Tränen aus den Augenwinkeln, »… und unseren Verstobenen eine Gedenkstelle zu errichten, ist doch das Mindeste, das wir für sie tun können.«

»Und, wann möchtest du gehen?«

»Heute ist Donnerstag, das heißt heute, oder morgen, denn übermorgen fliegen wir drei ja wieder nach Hause. Ich muss einfach Kai fragen, wie es mit den Gezeiten steht, und dann können wir uns danach richten. Als Du gestern bei Freddy warst, hatte ich schon zwei Kreuze organisiert.«

»Oh«, Sylvie war überrascht von Pattys Tatendrang. »Also, viel Zeit bleibt uns nicht, denn morgen kommen die Familien Zander und Schmied. Da kann ich nicht weg. Genau genommen geht es nur heute.«

Kai zeigte sich ebenfalls überrascht, dass die beiden Freundinnen diese Tour nochmals anpacken wollten. Er schaute sie ganz verständnislos an.

Dann holte er den Computer, um die Gezeiten aufzurufen: »Ihr habt nur heute p-passende Möglichkeit. Das Niedrigwasser ist 12:40 Uhr. Morgen erst kurz vor zwei. Das ist spät für diese Tour; nicht wegen Hochwasser. Das kommt morgen erst um acht. Heute etwa um sieben. Ihr werdet euch sicher nicht lange aufhalten wollen.« Kai sprach wie im Telegrammstil. Es kam Sylvie vor, als wolle er damit das Stottern vermeiden. Je kürzer und abgehackter die Sätze, desto weniger verfiel er ins Stottern.

»Okay, Patty, dann lass' uns gehen«, sagte Sylvie ganz plötzlich überzeugt, denn sie erhoffte sich, dadurch mehr Informationen zu erhalten. Sie waren natürlich diesmal nicht auf die öffentlichen Verkehrsmittel angewiesen, da Sylvie ein Mietauto hatte, das hieß, dass sie gleich aufbrechen konnten.

»Richte deine Sachen zusammen und in fünf Minuten treffen wir uns im Foyer.« Jetzt war natürlich Sylvies Neugierde angestachelt und sie begierig darauf, diese Wanderung selbst zu gehen. Sie wollte endlich sehen, wo, was passiert war, damit sie sich selbst ein Bild machen konnte. Sie dachte, dass ein Lokaltermin mehr Information bedeute, als jede Erzählung.

Patty hatte auch alles gleich gefunden. Zuerst gingen sie durch diesen langen Barranco bis sie endlich oben auf der Passhöhe standen und den wunderbaren Blick übers Meer genießen konnten. Sylvie war von Gefühlen hin- und hergerissen. Verzückung über die grandiose Schönheit der Gegend und Trauer über den Verlust der Freunde wechselten sich ab.

Die beiden stiegen über den schmalen Grat hinunter bis zum Traumstrand. Patty schilderte Sylvie natürlich im Detail, wie sie sich hier am und im Wasser tummelten. Sie hielten sich diesmal aber nicht lange am Strand auf, sondern gingen ihren Weg den Strand entlang weiter. Als Patty an die Stelle kam, an der Felix abstürzte, übermannte sie wieder diese unendliche Leere, dieser Schmerz, diese Trauer. Mit zitternder Stimme erklärte sie ihrer Freundin, an welcher Stelle sie selbst hing und wo Felix sich befunden hatte, als die Monsterwelle ihn holte.

Sylvie war überrascht: »Heißt das, dass das Wasser bei Flut bis hier hin kommt?«

Patty nickte und versuchte zu beschreiben, wie tosend und gewaltig die Brandung hier sein konnte. Welche Kraft sich hinter diesen Wassermassen, die auf die Küste zurollten, verbarg. Sie erklärte, dass das Wetter natürlich auch noch sein Übriges dazu tat. Der Wind und die Wolken … alles war so gespenstisch. Und das Bild, diese aufgerissenen Augen, die sie anstarrten, als die Brandung Felix mit sich riss. Sie würde es nie mehr loswerden. Es würde sie auch in ihre Träume begleiten.

Und dann nahmen sie den langen Aufstieg bis zur Hangkante in Angriff. Es war eine anstrengende Angelegenheit und ließ die beiden keuchen. Oben an der Kante, blickte Sylvie in den Abgrund, wo Freddy viele

Stunden verletzt verbracht hatte und auf Hilfe wartete. »Und hier wollte Freddy durch?«, fragte sie ganz ungläubig. Sie konnte nicht verstehen, wie er diesen bedrohlichen Abgrund als Weg überhaupt wählen konnte. Die Gefährlichkeit war doch offensichtlich. Immer wieder schüttelte sie ihren Kopf. ›*Freddy, Freddy, warum?*‹

Und dann schauten sie hinauf zum gegenüberliegenden Hang, wo Anita ihr Leben ließ. Trotz des strahlenden Wetters war es eine traurige Stimmung, die sich der beiden Frauen bemächtigte.

Hier oben an der Hangkante brachten sie dann die beiden Kreuze an, sprachen ein stilles Gebet und machten sich dann schnellstens wieder an den Abstieg.

Immer wieder schüttelte Sylvie den Kopf, konnte nicht verstehen, wie es so weit kommen konnte. Es war eine so wunderbare Insel, eine herrliche Gebirgsgegend, die Wanderung machbar, und der Blick rings herum, ein Traum. Wie unnötig waren diese Opfer?

Bedrückt machten sie sich auf den Rückweg und zwar genau über den Weg, den Kai am Unglückstag suchen wollte, als keiner auf ihn hörte.

Es war eine anstrengende kraftraubende Tour. An dem Querstück, wo sie Anitas Absturz vermuteten, blieben sie noch einmal schweigend im Gedenken an die Freundin stehen.

Bald erreichten sie den Wegweiser, den sie wie ein Gipfelkreuz wahrnahmen. Der Abstieg war dann ein Leichtes … lang zwar, aber ohne große Anstrengung. Kurz nach fünf waren sie dann wieder beim Auto.

10
Abschied von den Freunden

Es war ein dramatisches Treffen, als die Freunde den Eltern der Verstorbenen gegenüberstanden. Vorwurfsvolle Blicke, hauptsächlich von den Vätern, trafen Kai, der zu einem kümmerlichen Häufchen Elend zusammengefallen, vor ihnen stand. Schuldbewusst, wie ein geprügelter Junge stand er mit gesenktem Kopf schweigend da. Die beiden Mütter weinten nur. Es war furchtbar.

Patty war froh, als sie den Tag hinter sich gebracht hatten, und die Abreise unmittelbar bevorstand. Sie musste dem ganzen Drama und der knisternden Spannung endlich entfliehen. Sie hielt es nicht mehr aus.

Die drei waren dankbar, dass sie bei der Bestattungsfeierlichkeit nicht mehr anwesend sein würden. Noch mehr Drama war einfach nicht mehr zu ertragen.

Sylvie hingegen konnte sich nicht drücken. Eigentlich badete sie alles aus. Doch machte es sich jetzt bezahlt, dass sie ein so klar denkender, scharf kalkulierender Mensch, kurz eine Problemlöserin, war.

Der Abschied von den drei übrig gebliebenen Freunden am Flughafen war bewegend. Sie umarmten sich alle und weinten.

Danach besuchte Sylvie Freddy im Krankenhaus. Er war jetzt in ganz guter Verfassung, konnte reden und sogar wieder etwas lachen. Tja, und statt dass Sylvie von ihm hätte Informationen erhalten können, bat er sie um Details, weil er ja unten in der Mulde des Berghangs nichts mitbekommen hatte. Er wusste zwar, dass er mit dem Hubschrauber abgeholt wurde, aber er hatte keine Ahnung, wie die anderen es schafften, vom Berg herunter zu kommen. Er erinnerte sich auch, dass Patty noch mit ihm sprach, kurz bevor der Hubschrauber eintraf.

Doch Sylvie konnte nicht antworten. Die Worte blieben ihr im Hals stecken. Sie schaute ihn nur an, und es war ein trauriger Blick. Sie konnte doch jetzt nicht so tun, als wäre alles bestens. Dazu kannte Freddy sie zu gut, als dass er da nichts merken würde.

»Was ist, Sylvie«, fragte er neugierig geworden. »Ist noch mehr passiert?«

Sylvie traten Tränen in die Augen und sie nickte. Ihre Stimme war belegt, als sie nur ganz knapp mit ›Ja‹ antwortete.

»Und?«, fragte Freddy ungeduldig.

Sylvie räusperte sich, sie wollte sprechen, aber sie konnte nicht. Die Worte blieben ihr im Hals stecken. Es war, als hätte sich ein Kloß festgesetzt. Außerdem wusste sie ja, dass sie Freddy nichts erzählen sollte, zumindest noch nicht, aber wie sollte sie es anstellen, wenn aus ihr zu lesen war, wie in einem Buch.

»Bitte, Sylvie, was ist noch passiert», drängte Freddy, hellhörig geworden.

Sylvie legte eine Hand auf die seine und sah ihn einerseits mitleidig und gleichzeitig flehentlich an. Freddy beantwortete ihren Blick genauso flehentlich, und so unternahm sie nochmals einen Anlauf. Sie seufzte, atmete tief ein, räusperte sich erneut, und dann sagte sie ziemlich leise: »wir haben zwei Tote zu beklagen.«

Freddy riss von Entsetzen erfüllt die Augen auf und schrie laut: »Neiiiiiiiiiiin.«

Sylvie strich ihm zärtlich übers Gesicht. »Freddy, Schatz, es war ein dramatisches Unglück und …«

»Wer?«, unterbrach er ungeduldig.

Sylvie antwortete nicht, sie konnte einfach nicht.

»Weeeer?«, wiederholte Freddy seine Frage jetzt eindringlicher.

»Anita und Felix.« Es fiel ihr schwer zu sprechen. »Am Montag werden sie kremiert. Die Eltern sind schon da.«

Jetzt ist es Freddy, der in dieses dunkle Loch fiel, in dem die Überlebenden bis jetzt saßen und sich so langsam aber sicher wieder daraus befreien konnten, außer Kai natürlich.

Diese unerwartet hereinbrechende und belastende Neuigkeit löste bei Freddy einen psychischen Schock aus. Sein Blick wurde düster. Es folgte ein Rückzug in sein Innerstes, bis hin zur Erstarrung. Er war unfähig auf Sylvies Ansprache noch zu reagieren. Diese Starre wurde abgelöst durch plötzliches Zittern und Schwitzen.

Sylvie wusste sich nicht mehr zu helfen und so betätigte sie die Glocke, um nach Hilfe zu rufen.

Eine Schwester kam und sah auch sofort, dass der Patient massive Probleme hatte. Sie fühlte seinen Puls, sein Herz raste. Sie testete Freddys Reaktionen. Dann rief sie unverzüglich den behandelnden Arzt, der auch ziemlich schnell erschien.

»Frau Kannemaker, was ist vorgefallen?«, fragte er sehr ernst. »Sie haben doch nicht etwa …?«

Sylvie war verzweifelt. »Ich wollte nichts sagen«, sagte sie, »aber er hatte es mir angesehen. Er sah, dass da noch etwas war, das er nicht wusste, und er hatte mich förmlich bedrängt. Ich konnte nicht anders.«

Der Arzt gab der Schwester auf Spanisch Anweisung, was zu tun sei, dann richtete er sich an Sylvie, »Ihr Freund braucht noch Zeit, bis er das überwunden haben wird. Ich kann es nicht verantworten, dass er zu früh nach Hause entlassen wird. Wir wollen die nächste Woche abwarten, dann besprechen wir das weitere Vorgehen.«

Dann gab er Sylvie, die ihrerseits innerlich aufgelöst war, die Hand und verließ das Krankenzimmer. Die Schwester ging ebenso, kam aber in ein paar Minuten wieder und gab Freddy eine Spritze. Vermutlich etwas zur Beruhigung.

*

Die Familien Zander und Schmied verließen Fuerteventura am Mittwoch, zwei Tage nach der Kremierung. Mit ihrer traurigen Fracht im Gepäck saßen sie im Bus zum Flughafen. Ihre Augen waren vom Weinen geschwollen.

Sylvie stand täglich mit ihrem Schwiegervater in Spé in Kontakt. Sie erzählte ihm auch von dem Rückschlag den Freddy erlitten hatte. Sie entschuldigte sich bei Herrn Hartl, weil sie es war, die diesen Rückschlag ausgelöst habe. Sie versuchte auf der anderen Seite auch zu erklären, dass sie in die Enge getrieben worden sei, dass sie eigentlich gar nicht anders gekonnt habe, als Freddy die Wahrheit zu sagen.

Doch Herr Hartl machte ihr keine Vorwürfe. »Sylvie, sie haben alles richtig gemacht. Ich glaube, dass sie nicht anders konnten. Ich kenne solche Situationen, in denen man absolut keine andere Wahl hat. Schließlich sind Sie ja nicht aus Stein. Sie sind ein Mensch mit Gefühlen, und diese kann man nicht einfach leugnen oder unterdrücken. Die sind da, und sie äußern sich, auch in der Körpersprache. Bitte machen Sie sich keine Vorwürfe. Sie trifft absolut keine Schuld.«

Das tat so gut, auf so viel Verständnis zu stoßen. Sylvie atmete tief durch. Sie schöpfte neue Hoffnung. Gemeinsam werden sie es schaffen, davon ist sie überzeugt.

11

Zurück in Deutschland

Am 27. Januar endlich war es soweit. Freddy konnte nach Deutschland zurückgeführt werden. Sylvie wandte sich dazu an die Ambulanzflug-Zentrale. Sie selbst konnte als Begleitperson im Ambulanzflugzeug mitfliegen. Aufgrund der hohen Reisegeschwindigkeit, dauerte der Flug nicht sehr lange.
Am EuroAirport Basel-Mulhouse-Freiburg stand ein Ambulanzfahrzeug für den Weitertransport schon bereit, und Vater Hartl erwartete seinen Sohn mit Ungeduld.

Als er seinen Sohn so blass mit eingefallenen Wangen und betrübtem Blick sah, war ihm schwer ums Herz. Doch er musste sich zusammenreisen, durfte Freddy nicht zeigen, wie kummervoll ihm zumute war. Mit gütigen und zuversichtlichen Worten versuchte er ihn aufzumuntern: »Mein Gott, Junge, bin ich froh, dass du da bist. Ich bin vielleicht ganz schön erschrocken, als Sylvie mir von der ganzen Tragödie berichtete. Jetzt musst du erst einmal gesund werden. Ich habe für dich eine Pflegekraft engagiert. Sie wird dich betreuen … ich vertraue darauf, dass du bald wieder auf die Beine kommst und in ein paar Wochen bist du wieder fast der Alte. Ja, der Arzt sagte, dass du wirklich viel Glück hattest … «

»Danke für alles, Papa …«, unterbrach Freddy, »… Felix und Anita hatten leider kein Glück.« Seine Stimme klang deprimiert.

Sylvie, die die letzten zwei Wochen als die wahre Hölle erlebt hatte, hatte Herrn Hartl natürlich über Freddys Zustand auf dem Laufenden gehalten. Er wusste also um dessen psychische Verfassung hinreichend Bescheid.

»Junge, du darfst nicht immerzu daran denken. Es ist nicht mehr zu ändern. Wir müssen das Schicksal annehmen.«

Für Freddy klangen solche Sätze abgedroschen und oberflächlich, nach dem Motto: s'ist halt so, take or leave it. Sie halfen ihm nicht wirklich.

Und für den Vater war es schmerzhaft zu sehen, wie sein Sohn unter diesem psychischen Druck litt. Was war Freddy früher doch mal ein lebenslustiger junger Mann. Und nun? Jetzt war er ein gebrochener Mann, der sich mit Selbstvorwürfen selbst zerfleischte. Hartl hatte schon mit einem Psychotherapeuten Kontakt aufgenommen. Er möchte die bestmögliche Behandlung für seinen einzigen Sohn.

*

Freddy erhielt die beste Pflege, die man sich nur vorstellen konnte. Körperlich erholte er sich sehr bald; nach acht Wochen schon wurden therapeutische Übungen ohne Korsett durchgeführt. Auch wenn er jetzt, nach knapp drei Monaten das Korsett immer noch tragen musste, so spürte man eine deutliche Besserung. Sein Wadenbeinbruch verheilte sehr gut, er konnte wieder gehen. Wenn sein Gang auch immer noch langsam und schleppend war, so konnte man die Fortschritte dennoch täglich beobachten. Sein körperlicher Zustand war äußerst zufriedenstellend. Nur, und das war das Schlimmste, sein seelischer Druck war immens. Sylvie kam so oft es ging nach Müllheim, ebenso kam Herr Hartl regelmäßig, um nach seinem Sohn zu sehen.

Freddy sprach nicht viel, saß oft nur da und starrte vor sich hin. Für den Vater war es unerträglich, seinen Sohn in diesem Zustand erleben zu müssen. Er hoffte inständig, dass dessen Befinden sich vielleicht allmählich bessern würde, jetzt da im Markgräflerland der Frühling mit aller Macht Einzug hielt. Seit Mitte März schon war es überdurchschnittlich freundlich und warm. Die Amseln und Meisen hielten ein richtiges Pfeifkonzert, als wollten sie sich gegenseitig übertrumpfen. Freddy liebte schon immer das Singen der Vögel. Er sagte früher, dass ihm beim Frühlingserwachen mit diesen lieblichen Tönen, den herrlichen Farben und den Gerüchen sein Herz aufgehe. Doch jetzt blieb es verschlossen, unerreichbar für den Zauber der Jahreszeiten.

Auch der April begann mit fast sommerlichen Temperaturen. Sylvie war zu Ostern nach Müllheim gekommen. Schöner hätten die Ostertage vom Wetter her gar nicht sein können. Manfred Hartl meinte, dass ein so herrliches Wetter doch auch einen Einfluss haben müsse auf die Innenwelt seines Sohnes. Aber das Loch, in dem Freddy steckte, war zu tief, zu dunkel. Es gab kein Entrinnen. Es nutzte nichts, dass Sylvie auf ihn einredete, dass die Schuld für die Toten nicht bei ihm lag. Mit Engelszungen versuchte sie ihm beizubringen, dass er alleine nur für sein eigenes Missgeschick, die ganzen Verletzungen, die er davongetragen habe, die Verantwortung trüge und sonst für nichts.

»Freddy, diese Last ist wirklich groß genug. Meinst du nicht auch?«

Sie sah Zustimmung heischend zu Herrn Hartl, der nickend Sylvies Rede beipflichtete. Und Sylvie fuhr eindringlich mit ihrer Rede fort: »Aber du kannst doch nichts dafür, dass Felix und Anita verunglückten. Du hast sie doch nicht auf den Weg geschickt. Du hast unten im Hang gelegen und warst schwer verletzt, hattest Schmerzen, warst unfähig irgendetwas zu tun.«

»Aber sie haben sich aufgemacht, weil sie Hilfe holen wollten. Und dafür dass wir Hilfe brauchten, habe ich die Verantwortung. Ich hatte ja auch auf Hilfe gehofft.«

»Natürlich hattest du auf Hilfe gehofft. Aber überleg doch mal, Freddy. Die Hilfe kam, ohne dass jemand aus der Wandergruppe um Hilfe bat. Ich war es, die sich Sorgen machte, weil ihr so lange nicht zurückgekommen wart und habe schließlich Alarm geschlagen«, erklärte sie. Dann wurde ihre Stimme leise und traurig, »Ja, es war nutzlos, dass sie sich auf den Weg machten. Und ja, wir haben den Tod unserer Freunde zu beklagen, und es ist unumstößlich. So traurig es ist, wir werden damit leben müssen. Aber *du* hattest sie doch nicht in den Tod geschickt. Du hast diese Bürde nicht zu tragen. Freddy, mein Lieber, das Leben geht weiter, auch für dich. Bitte, zermartere dich nicht. Zerfleische dich doch bitte nicht selbst.«

Es ist nicht das erste Mal dass Freddy solche Worte zu hören bekam. Sein Vater hatte ähnlich argumentiert.

Und die Argumente, die der Psychotherapeut auf Lager hatte, waren noch banaler: er solle sich selbst vergeben, hatte er gesagt. Wie einfallslos … wie abgedroschen … ja einfach nur dumm daher geredet. Sich selbst vergeben! Nichts als Blabla. Damit konnte er absolut nichts anfangen. Am liebsten hätte er sich selbst betäubt, um in Trance dahinzuvegetieren.

Ostern verging und Sylvie reiste wieder ab. Ihre Stimmung war betrübt. Sie hatte so gehofft, auf Freddys Zustand ein bisschen Einfluss nehmen zu können. Doch sie musste sich geschlagen geben, ihn unverrichteter Dinge zurücklassen.

Freddy war krank … seelisch krank und diesem Zustand kam man nicht mit Reden bei. Aussichtslos! Da musste eine gewaltige Umwälzung passieren, eine innere Umwälzung. Aber wie?

Sie würde auf jeden Fall nichts unversucht lassen. Sie würde jede mögliche Gelegenheit für Besuche nutzen. Doch vorerst blieb ihr nur, sich regelmäßig telefonisch bei Freddy zu melden.

Und der Vater war ja auch noch da. Er würde, das wusste sie, ebenso möglichst oft bei Freddy vorbeischauen, es sei denn, dass er geschäftlich selbst unterwegs war. So rief auch er immer wieder an, um Freddys Stimmung zu erspüren.

*

Doch nicht nur Freddy war in einem desolaten Zustand. Auch Kai fand nicht mehr zur Normalität zurück, sofern man sein bisheriges behandlungsbedürftiges Befinden überhaupt als normal bezeichnen konnte. Jetzt war seine freudlose seelische Verfassung um einiges schwerwiegender, als es bis anhin schon war.

Er kapselte sich förmlich ab, verschloss sich auf diese Weise der Umwelt. Einzig seine Psychologin, Gabriela Messerle, und seine Kommilitonin, Sarah Deichmann, kamen noch an ihn heran. Er war wie eine Hülle, eine leere Hülle.

Er widmete sich nur noch seinem Studium. Wie ein Besessener arbeitete er, meist bis tief in die Nacht, denn Schlaf fand er ohnehin kaum. Er war eine Maschine, die nur noch fürs Studium funktionierte. Vielleicht war es auch eine Ablenkung. Sehr oft stürzten sich Menschen übertrieben in ihre Arbeit, um ihrer kranken Seele Ablenkung zu verschaffen.

Und, als würde das alles noch nicht genügen, kam am 28. April auch noch Renée bei ihm vorbei, um ihm zu berichten, dass Freddy Selbstmord beging und am kommenden Freitag die Beisetzung sei. Das gab Kai den Rest.

12

ab Ende April 2010

Sylvie konnte sich nicht beruhigen. Am 27. April, kurz nachdem sie Herrn Hartl über ihre Sorge berichtete, rief er sie an, um ihr mitzuteilen, dass ihre Befürchtung traurige Wahrheit wurde. »Freddy hat sein Leben selbst beendet.« Hartl war aufgelöst und weinte am Telefon.

Mein Gott, war es denn nicht genug? Waren sie denn nicht genug leidgeprüft? Nahm es denn kein Ende, das Unglück?

*

Am 30. April war in Müllheim dann Freddys Bestattung. Von der Gruppe kamen Renée aus Kassel angereist, und Patty, die in Freiburg studierte.

Doch Kai fehlte. Er war nicht in der Lage zu kommen, um bei der Verabschiedung eines guten Freundes dabei zu sein. Er hätte es vermutlich psychisch nicht verkraftet.

Und dann waren da natürlich noch die ganzen Kommilitonen der Abschlussklasse 2005, soweit sie informiert und vor allen Dingen auch abkömmlich waren.

Die Eltern von Felix und Anita, die aufgrund der Erzählungen nun Freddy für den Tod ihrer Kinder verantwortlich machten, wohnten der Zeremonie ebenfalls bei. Sie empfanden es nicht mehr, als ausgleichende Gerechtigkeit, dass nun auch Herr Hartl diesen Schmerz, ein eigenes Kind verloren zu haben, kennenlernte.

Diese Einstellung war töricht und unmenschlich. Sollte Freddy wirklich jede Schuld alleine getroffen haben, wovon Sylvie noch immer nicht überzeugt war, so sollte niemals jemand das Leid eines anderen, Unbeteiligten, als ausgleichende Gerechtigkeit empfinden. Ja, Freddys Vater musste am offenen Grab gestützt werden. Links von ihm stand Herr Gruber und rechts Sylvie. Angesichts des Zusammenbruchs von Herrn Hartl am Grabe seines Sohnes, schämte sich zumindest Frau Schmied innerlich vor sich selbst, dass sie diesem Gedanken, angestachelt durch Felix' Vater, überhaupt gestattete, sich ihrer zu bemächtigen.

Die ebenfalls erschienene, ins Mark erschütterte Rektorin, Frau Dr. Dagmar Dom, sprach im Namen des Markgräfler Gymnasiums bewegende Worte. Sie würdigte in ihrer Rede den großartigen, intelligenten Menschen Frederik Hartl, der immer freundlich, höflich und zuvorkommend war, und der sich nie etwas zu Schulden kommen ließ. Sie bedauerte, dass dieser wunderbare, hoffnungsvolle Mensch, der sich aufgrund der erschütternden Ereignisse auf Fuerteventura selbst zermarterte, keinen anderen Ausweg sah, als den Tod.

Es war eine bewegende Zeremonie. Die Leute konnten nicht begreifen, wie es so weit kommen konnte.

*

Die Zeit verflog, und das Leben ging weiter. Jeder ging seinen Verpflichtungen wieder nach. Doch die Ereignisse wegschieben und vergessen machen, das konnte niemand. Sie waren immer präsent.

So traumhaft der Frühling im März und April Einzug hielt, so mies zeigte er sich dafür nun im Mai. Aufgrund der niedrigen Temperaturen und dem vielen Regen, der teilweise zu Überschwemmungen führte, wurde er seinem Ruf als Wonnemonat absolut nicht gerecht. Sogar die Eisheiligen konnten es nicht erwarten, ihr Kälteunwesen zu treiben, und warteten schon Anfang Mai mit Nachtfrösten im Minusgradbereich auf. Ja und Mitte Mai schneite es sogar. Alles passte zur trüben seelischen Stimmung.

Ende Mai, zu Pfingsten, kam Sylvie wieder nach Müllheim. Herr Hartl hatte ihr angeboten, in der Wohnung wohnen zu bleiben, bis sie ihr Studium erfolgreich abgeschlossen haben würde. Darüber hatte sie sich sehr gefreut. Bei ihrem Besuch in Müllheim wollte sie ihn nochmals treffen, einfach für ein Gespräch und ihm natürlich auch danke zu sagen.

Als sie ihn sah, erschrak sie im ersten Moment. Ihr schien, dass Herr Hartl um Jahre gealtert war. Sein Gesicht wirkte abgezehrt, von Kummer gezeichnet. Er tat ihr so leid.

Sie saßen zusammen, um sich nochmals zu beraten, denn noch immer stand die Frage im Raum: ›*Was geschah, an diesem unglückseligen 5. Januar 2010, im Valle de Pecenescal? Warum mussten Felix und Anita ihr Leben lassen*?‹

»Herr Hartl, ich werde mich mit Patty treffen und

mit ihr Step by Step die damaligen Geschehnisse durchgehen. Mir scheint, dass es da noch Lücken gibt, und vielleicht erinnert sie sich beim Rückbesinnen noch an Details, die sie bisher noch gar nicht so bewusst in Betracht zog.«

»Glauben Sie, dass Sie Antworten erhalten werden?«

»Nun, ich hoffe es«, sagte sie. Sie schien wieder zu ihrer alten Form der Problemlöserin zurückgekehrt zu sein. Sie war sich zwar bewusst, dass nicht wirklich ein Problem gelöst werden konnte, doch zumindest hoffte sie auf die Chance, mehr Gewissheit und vor allen Dingen Antworten auf offene Fragen zu erhalten; endlich verstehen zu können.

»Vielleicht erinnern Sie sich, Herr Hartl, an diese Mordfälle damals im Markgräflerland. Da waren doch ein Detektiv und eine Rechtsanwältin ziemlich erfolgreich beim Aufdecken von Unstimmigkeiten. Ich möchte gerne diesen Detektiv zu Rate ziehen. Vielleicht kann er uns helfen.«

»Ja, ich erinnere mich noch sehr gut. Diese Fälle gingen damals wie ein Lauffeuer durch die Medien. Es war spektakulär, was diese beiden zur Lösung der Fälle beigetragen hatten. Ich gebe Ihnen freie Hand, Sylvie. Fragen Sie ihn, ob er den Auftrag übernehmen und die Recherchen zu diesem Fall durchführen möchte. Machen Sie sich um die Kosten keine Gedanken, denn auch ich möchte Klarheit … nur, ich bin müde geworden, unendlich müde. Ich habe nicht mehr die Kraft, so wie Sie, energisch an die Sache heranzugehen. Verzeihen Sie mir bitte meine Passivität.«

Sylvie legte ihre Hand tröstend auf Hartls Arm und

lächelte. Hartl fuhr fort: »Ich weiß zwar, egal was wir erfahren werden, die Ergebnisse bringen uns Freddy nicht wieder zurück. Aber ich möchte nicht im Ungewissen bleiben. Es ist schlimm, nicht zu wissen, ob ein anderer Ausgang möglich gewesen wäre, oder ob tatsächlich Freddy alleine verantwortlich zu machen ist. Dieser Zustand ist so schrecklich, so frustrierend.«

»Dass ein anderer Ausgang möglich gewesen wäre, bin ich mir jetzt eigentlich schon ziemlich sicher. Für mich stellt sich nur noch die Frage, welche Entscheidungen dafür nötig gewesen wären.«

Hartl nickte zustimmend.

Trotz Pfingsten hatte Friedhelm Kulau spontan zugesagt, sich mit Sylvie und Patty in Schliengen im Restaurant ›Drei Linden Bahnhöfle‹ zu treffen.

Sie trafen fast gleichzeitig ein und stellten sich mit ihren Vornamen vor. Es sei einfacher, hatte Friedhelm seinen Vorschlag begründet. Bevor sie sich dann an die Arbeit machten, unterschrieb Sylvie noch den Detektiv-Auftrag.

Friedhelm erhielt im Vorfeld von Sylvie die ersten wichtigsten Informationen. Ehe er jedoch daran anknüpfte, wollte er zuerst einmal mit der Auftraggeberin klären, wohin sie erwartete, dass die Recherchen führen sollten. »Wollen Sie einen Schuldigen eruieren, um ihn der gerechten Strafe zuzuführen? Wenn ja, dann brauchen wir einen Rechtsbeistand, der Ihre Interessen vor Gericht vertritt.«

»In allererster Linie geht es uns darum, Herr Kul … ähm … Friedhelm, dass wir verstehen möchten. Es ist alles irgendwie diffus. Damit zu leben ist sehr schwer«, beantwortete Sylvie die Frage.

»Darf ich davon ausgehen, dass mit WIR Sie beide gemeint sind?«

»Jain … auf der einen Seite ist es der Vater des vor ein paar Wochen selbst aus dem Leben geschiedenen Freddy Hartl; Herr Hartl ist es auch, der diese Recherche finanziert, und auf der anderen Seite bin ich es, quasi die Verlobte von Freddy. Patrizia Kraus …«, sie zeigte auf Patty, »… ist eine der Personen, die bei der Wanderung mit dabei waren und ebenso ihren …«, sie warf Patty einen wissenden Blick zu, und fuhr dann fort, »…ihren Zukünftigen, verloren hatte. Natürlich möchte auch sie eine Antwort erhalten. Ja, und uns ist auch bewusst, dass wir mit den möglichen Antworten unsere Lieben nicht mehr zum Leben erwecken können; aber verstehen wollen wir. Wie wir weiterfahren wollen, wissen wir zum jetzigen Zeitpunkt noch nicht.«

Friedhelm nickte. Er kannte das. Wie oft quält einen die Frage nach dem Warum, und man möchte einfach erst mal verstehen. Auch wenn man primär keinen direkten Nutzen daraus ziehen kann. Der einzige, mögliche Nutzen hieße dann ›*den inneren Frieden finden können.*‹

Dann gab er eine Zusammenfassung der Vorfälle, wie er sie von Sylvie erzählt bekam. Und zwar ging er bis zu dem Punkt, bevor Freddy abstürzte.

Die beiden jungen Frauen nickten immer wieder zustimmend.

»Also, bis dahin ist die Situation klar. Kai wollte den richtigen Weg finden, doch Freddy hatte keine Lust, nochmals zurückzugehen. Und alle Gruppenmitglieder folgten Freddys Vorschlag, auf den Berg hochzukraxeln, um einen anderen Weg zu finden. Ebenso folgte am Ende auch Kai, obwohl ihm dabei nicht wohl zumute war, weil er wusste, dass es der falsche Weg war. Habe ich es soweit korrekt wiedergegeben?«

»Ja, soweit ist alles klar«, bestätigte Patty.

»Doch oben angekommen ging es nicht mehr weiter. Sie, Patty, schlugen vor, umzukehren, um den richtigen Weg zu suchen.«

Wieder nickte Patty.

»Aber Freddy glaubte, dass es eine Möglichkeit geben müsse, die andere Seite zu erreichen, und zwar entlang der Mulde. Haben dann auch alle gleich zugestimmt, oder versuchte jemand, ihn davon abzuhalten?«, wollte Friedhelm wissen.

»Kai wendete ein, dass es zu gefährlich sei, und wies auch darauf hin, dass der Untergrund nicht fest genug sei. Auch drängte er, weil er fürchtete, bei der bald einbrechenden Dunkelheit den Rückweg antreten zu müssen. Das wäre für ihn ein besonderes Handicap gewesen, zumal er ja auch sehr schlechte Augen hat. Außerdem befürchtete er einen Wetterumschwung. Die Wolken hingen ja schon ziemlich tief, und es sah wirklich sehr gespenstisch aus. Ja, man kann sagen, dass Kai richtig Angst hatte.«

Jetzt erst merkte Patty, wie genau ihr plötzlich die Details in den Sinn kamen. Sie erinnerte sich plötzlich an so vieles, woran sie zuvor gar nicht mehr dachte.

Aufgrund Friedhelms Fragestellung fühlte sie sich erstmals richtig gefordert, alles genau Revue passieren zu lassen, und Details herauszuarbeiten. Die Schilderungen waren bisher immer alle sehr oberflächlich. Jeder hat seine Wahrnehmung weitergegeben und die anderen bestätigten, ohne mögliche Details hinzuzufügen, vielleicht auch deswegen, weil sie nicht wussten, worauf es wirklich ankam.

»So Patty, jetzt müssen Sie weitererzählen!«, forderte Friedhelm sie auf, »wie kam es, dass Freddy die Klettertour trotz Warnung doch in Angriff nahm?«

»Ja, er versuchte die Leute zu überzeugen, dass es machbar sei, und dass er den Weg vorgehen werde, und dass wir ihm dann, wenn er drüben sei, folgen sollten.«

»Und dann waren wieder gleich alle damit einverstanden?«

»Nein, nicht gleich. Eigentlich standen sie ratlos rum und bevor jemand noch etwas sagen konnte, hatte Freddy sich auf den Weg gemacht. Als Freddy schon im Hang kraxelte, protestierte Renée zwar, dass sie das nie und nimmer schaffen würde, doch Felix ermutigte sie, indem er versprach, dass die Gruppe ihr helfen werde. Tja und dann ist Freddy abgerutscht und blieb verletzt liegen.«

Für Sylvie war es das erste Mal, dass sie die Ereignisse so detailliert hörte. Sie verstand nicht, dass Freddy so stur darauf bestehen konnte, diesen gefährlichen Weg zu gehen. Wäre sie dabei gewesen, hätte sie ihn abgehalten. Sie war sich sicher, dass er auf sie gehört hätte.

»So, und jetzt, jetzt wird's erst richtig wichtig. Bis jetzt war ganz klar Freddy der Uneinsichtige, der sich von seinem gefährlichen Vorhaben nicht abbringen ließ. Aber bis jetzt war ja auch nur er der Geschädigte. Jetzt Patty muss ich die genauen Details von Ihnen erfahren. Wir wollen ja verstehen, warum zwei Freunde ihr Leben lassen mussten. Ich nehme an, jemand wollte Hilfe holen. Wer bot sich an, oder wurde jemand von Kai damit beauftragt?«

»Zuerst wollte Felix nur telefonieren, doch das war nicht möglich, weil er dort oben kein Netz bekam. Dann sagte er, dass er zurückgehen wolle, um Hilfe zu holen. Kai hatte ihm dann genau erklärt, wie er zurückgehen solle. Doch Felix lehnte ab. Er sagte, dass er den gleichen Weg zurückgehen wolle, wie wir gekommen waren, schließlich kenne er den, und die Gefahr, sich zu verlaufen sei da nicht so groß. Ja, und dieser Weg zurück war sein Verhängnis, wegen der Flut.«

Friedhelm zog seine Augenbrauen hoch und wiegte mit dem Kopf: »Wie ich informiert bin, war Kai der Organisator der Reise, das heißt er kannte die Gegend. Das heißt aber auch, dass er wissen musste, dass irgendwann die Flut kommen würde. Bevor ihr die Wanderung in Angriff genommen hattet, hatte er sich doch gewiss über die Gezeiten schlau gemacht. Und dabei schaut man ja nicht nur die Zeiten des Niedrigwassers an, sondern auch die des Hochwassers. Hatte er Felix gewarnt?«

»Nein.«

«Was?«, wandte Sylvie erschrocken ein. »Das habe ich nicht gewusst. Darüber hast du nie gesprochen Patty.«

»Na ja, ich hatte nicht daran gedacht, darüber zu sprechen. Ich selbst hatte, als ich zu Kai zurückkam, ihm deswegen ja auch Vorwürfe gemacht, aber er fing an weinerlich zu stottern und sagte, dass er es ja auch nicht so gut gekannt habe. Er sei noch nie bei Flut da durch gegangen, und er fragte, wie er das denn hätte wissen sollen?«

»Na ganz einfach, Patty, weil er der Organisator war. Ein Organisator, der ein Gebiet gut kennt, ist gleichzeitig auch Wanderführer, und ein Wanderführer informiert sich im Vorfeld. Und ein Wanderführer kennt auch die Gefahren. Schließlich hatte er ja auch darauf aufmerksam gemacht, dass der Untergrund lose sei, er wusste zum Beispiel auch ganz offensichtlich, wann die Dunkelheit eintreten würde, das heißt, er hatte sich auch eingehend über die Sonnenauf- und -untergangszeiten informiert. Also hatte er auch über die Gezeiten genau Bescheid gewusst. Aber so weit sind wir ja noch gar nicht. Wir gehen schön brav der Reihe nach«, brachte Friedhelm recht resolut seine Argumente vor. Er schien den Verdacht zu hegen, dass das ganze Problem bei Kai zu suchen war.

Sylvie staunte nur noch … In der kurzen Zeit, in der sie hier zusammensaßen, kam schon so viel zutage, dabei waren sie erst am Anfang. Diese gezielte Fragestellung des Detektivs ließ gar nichts anderes zu, als gedanklich genau zurückzukehren zu den Ereignissen und sich an kleinste Details zu erinnern.

»Felix ist also los; und warum sind Sie dann auch mitgegangen? Hatte Kai gesagt, dass es besser sei, wenn zwei Leute den Rückweg antreten würden?«, fragte Friedhelm.

»Nein. Als ich sagte, dass ich Felix begleiten wolle, hatte Kai protestiert. Er sagte, dass meine Kraft nicht ausreiche.«

Wieder zog Friedhelm seine Augenbrauen hoch, »Aha«, war sein Kurzkommentar nur, so als hätte er eben etwas Entscheidendes herausgehört.

Die beiden Frauen schauten ihn nur verständnislos an.

»Ich frage mich, warum Ihre Kraft für den Rückweg nicht hätte ausreichen sollen, wenn sie für den Herweg ausreichte?«

»Das war doch nur eins von zwei Argumenten; er meinte auch, dass ich mich lieber mit Anita auf den Weg zurück machen sollte und zwar auf dem offiziellen Weg.«

»Also, ich resümiere. Erstens: dass Felix den bekannten Weg zurückging, nahm Kai ohne Widerrede in Kauf. Zweitens: dass er meinte, Ihre Kraft könnte nicht ausreichen, zeigt mir, dass er mit der Flut gerechnet hatte, sprich er rechnete damit, dass es kein Durchkommen geben würde. Und Drittens: dass er vorschlug, Sie sollten mit Anita den offiziellen Weg zurückgehen, um Hilfe zu holen, zeigt, dass er nicht damit rechnete, dass Felix es schaffen würde. Warum sollte sich sonst noch jemand aufmachen? Das gab doch absolut keinen Sinn.«

Sylvie und Patty begriffen, worauf hinaus Friedhelms Resümee abzielte. Sie schauten sich nur entsetzt an. Sylvie schüttelte den Kopf: Nein. Nein. Das konnte nicht sein. Kai, dieser harmlose, unscheinbare, hochintelligente Kai soll Felix absichtlich ins Unglück geschickt haben, oder es zumindest zugelassen haben?

»Nun drängt sich mir die logische Frage auf«, sagte Friedhelm. »Gab es zwischen Kai und Felix Antipathie oder gar richtige Feindschaft?«

»Na ja, Felix frotzelte schon immer ein bisschen, damals, noch in der Schule. Er konnte Kai nie so richtig ernst nehmen, denn Kai war für ihn halt immer noch ein Kind. Ein hochintelligentes Kind zwar, das man aber trotz des genialen Gehirns nicht richtig für voll nehmen konnte. Kai konnte aufgrund seiner Hochbegabung Klassen überspringen und war daher natürlich auch immer der Jüngste. ›Babyface‹ nannte Felix ihn spaßeshalber. Er nahm ihn auch gerne hoch, weil Kai … na ja, weil Kai halt unvorteilhaft aussah. Aber, Feindschaft … «, Patty schüttelte energisch den Kopf, »… nein, Feindschaft konnte man das nicht nennen.«

»Nun, das sagen Sie, Patty. Wissen Sie, wie sich Frotzelei für den Betroffenen anfühlt? Fühlt er sich gedemütigt, verspottet, lächerlich gemacht? Oder kann er es einfach wegstecken und denken, leck mich? Denken Sie daran, er hatte von klein auf das Gehirn eines Genies, aber er war dennoch ein Kind, ein verletzliches Kind vielleicht.« Patty senkte den Blick. Das war doch genau ihre Bedingung an Felix für eine Partnerschaft.

»Ich sehe, Sie verstehen, was ich sagen will. Auch wenn von Felix kein Hass gegenüber dem Babyface ausging, sondern sein Handeln nur Verhohnepipeln, zwecks der Gaudi war, so ist es durchaus möglich, dass das Kind irgendwann Hass gegen Felix verspürte. Dass sich dieses gepeinigte Kind einmal seiner Überlegenheit – nicht nur der geistigen, sondern auch der der Macht über seinen Widersacher – bewusst war, war eine neue Situation für ihn.«

»Oh mein Gott«, entfuhr es Sylvie. Sie schüttelte immer wieder den Kopf. Es leuchtete zwar ein, was Friedhelm hier erzählte, aber sie wollte es dennoch nicht wahrhaben. ›*Kai? Nein! Oder vielleicht doch?*‹ Unfassbar, einfach unfassbar. Sie mag es nicht glauben.

Pattys Augen verengten sich zu Schlitzen. Ihre Stirn legte sich in Falten. Es war ein klares Zeichen, dass sie über das Gehörte intensiv nachdachte, denn irgendetwas ergab für sie keinen Sinn. »Aber«, begann sie, »gegen Anita konnte er doch nichts gehabt haben. Sie kann er doch nicht bewusst geopfert haben.«

»Hat er auch nicht. Überlegen Sie, Patty. Es machten sich ja zwei, Renée und Anita, auf den Rückweg und vor allen Dingen nahmen sie den offiziellen Weg, den er selbst kannte, weil er ihn schon ging. Kai konnte ja nicht wissen, erstens dass etwas passieren würde, und zweitens, wenn etwas passieren würde, wen es treffen würde. Nein, nein, das war einfach nur ein schreckliches Unglück. Anita stürzte ab auf dem steinigen Untergrund. Vielleicht stolperte sie, vielleicht rutschte sie auf losem Geröll ab; es war ein Unfall. Wenn er sich überhaupt etwas vorzuwerfen hätte, wäre es einzig die Tatsache, dass er deren Leben leichtsinnig aufs Spiel setzte. Aber diese Erkenntnis, es könnte Leichtsinn gewesen sein, kommt auch erst im Nachhinein. Als er sie nämlich losschickte, war es noch ganz in Ordnung für ihn, denn er rechnete nicht, dass Felix und Patty durchkommen würden, um Hilfe zu holen.«

»Wenn das stimmt, Friedhelm, hatte Kai mich ja im Prinzip auch geopfert«, folgerte Patty ziemlich erschüttert.

»Na ja, sagen wir mal so, er nahm es wohl oder übel mit in Kauf, weil ihm nichts anderes übrig blieb. Sie hatten ja nicht auf ihn gehört, sind einfach Felix gefolgt. Kollateralschaden nennen wir das. Wie reagierte er denn, als Sie plötzlich wieder auftauchten?«

Jetzt fiel es Patty wie Schuppen von den Augen. Sie sah alles nochmals genau vor sich. »Zuerst war er geschockt, als er meine Verletzungen sah. Aber dann hatte ich das Gefühl, dass er erleichtert war, weil ich noch lebte.«

»Und wie reagierte er darauf, dass Felix es nicht geschafft hatte?«, wollte Friedhelm wissen.

»Er sagte nichts, er war nur einfach leichenblass und starrte vor sich hin. Ich ging davon aus, dass ihn diese Nachricht so sehr schockiert hatte und er deswegen wie paralysiert war.« Für Patty war diese Aufarbeitung nicht nur Aufklärung, sondern auch reine Qual. Die Vorstellung, dass … nein sie wollte es nicht glauben. Sie hatte den Schmerz doch bis heute einigermaßen überwunden. Und jetzt? Jetzt war er mit aller Macht wieder da. Jetzt da sie die Unsinnigkeit des Opfers erst richtig begriff.

»Eine letzte Frage, bevor wir unsere erste Sitzung beenden«, fuhr Friedhelm fort, »Sie sagten, dass Kai plötzlich zu stottern begann. Wann war das genau?«

Patty überlegte einen Moment. Sie versuchte die Bilder von damals aus ihrer Erinnerung wieder hervorzuholen. »Das war genau dann, als ich ihn fragte, warum er denn nichts von der Flut erwähnt habe, und er mir erklärte, dass er das auch nicht so genau gekannt habe.«

13

Die Wahrheit kann auch eine Keule sein

Friedhelm verabschiedete Sylvie und Patty mit der Frage, ob er noch weiter recherchieren solle? Sie nickten beide. Obwohl sie bedrückt waren über das, was bei der Aufarbeitung herauskam, wollten sie jetzt wissen, ob die Vermutung erhärtet werden konnte. Sie wussten noch nicht, ob sie diese Sicherheit wirklich für ihren Seelenfrieden brauchten, oder ob es einfach nur Neugierde war. Wie Sylvie jedoch festgestellt hatte, schien es für Freddys Vater sehr wichtig zu sein. Er wollte einfach begreifen können.

Ob jemand, sollte sich herausstellen, dass Kai Felix bewusst ins Unglück laufen ließ, gegen Kai vorgehen würde und ob es überhaupt etwas brächte, war offen.

Sylvie war erschüttert, zu keinem vernünftigen Gedanken mehr fähig. ›*Kai*‹, dachte sie nur, ›*Kai, das schüchterne, kleinlaute und unglückliche Genie.*‹

Als sie nach dem Treffen mit Friedhelm in Pattys Auto Richtung Müllheim saßen, waren beide in Gedanken versunken. Es schmerzte so sehr, all das, was diese Unterredung zu Tage beförderte. Keine wollte sich jetzt dazu äußern. Patty selbst war betroffen, was ihr in der Rückschau so plötzlich ein- und auffiel, Fakten, die ihr zuvor gar nicht so bewusst waren.

Sylvie fühlte nur Schmerz. Bedrückt stieg sie die Stufen zu ihrer Wohnung hoch. Innerlich war sie total aufgewühlt, konnte sich nicht beruhigen.

Plötzlich zweifelte sie daran, dass es befreiend war, Klarheit zu haben, und sie schüttelte energisch den Kopf. Nein, Befreiung fühlte sich anders an. Befreiung tat nicht weh. Befreiung beflügelte.

Herr Hartl rief im Laufe des Abends an, um zu erfahren, was das Gespräch gebracht habe. Er war ganz überrascht, als Sylvie zu weinen anfing, als sie mit der Erzählung begann. Und er war ebenso erschüttert. War es möglich? War es wirklich möglich, dass Wut so weit ging, jemandem den Tod zu wünschen? Und ausgerechnet Kai? Dieses schmächtige Bürschchen mit dem Gehirn eines Einsteins?

Als Sylvie ihm die Frage nach Fortführung der Recherchen stellte, bejahte er dies: »Ich weiß, Sylvie, die Wahrheit kann auch eine Keule sein, mit der man andere erschlägt«, zitierte er den französischen Lyriker, Kritiker und Historiker François Anatole Thibault. »Nehmen wir die Keule an, sofern sie uns nicht gänzlich erschlägt, und entdecken in der Betäubung vielleicht unseren Frieden.«

Wow, Sylvie war überrascht über Herrn Hartls philosophische Ader. Sie musste darüber sogar ein bisschen schmunzeln. Sie hatte Freddys Vater bisher ganz anders wahrgenommen. In ihren Augen war er ein scharf beobachtender und kalkulierender Realist, ein Macher durch und durch, absolut nichts von einer emotionsbetonten Ader erkennbar.

*

Nach Pfingsten hatte Friedhelm in Müllheim zu tun und erlaubte sich, einen Kaltbesuch bei der Familie Isenloh abzustatten.

Doch Kais Eltern waren nicht zu Hause, dafür der Bruder Jan, der mit seiner Frau die Wohnung im ersten Stock des Elternhauses bewohnte. Jan war ein sympathischer junger Mann von 32 Jahren.

Friedhelm stellte sich vor und erklärte, in welcher Absicht er kam und fragte, ob er bei Jan Auskünfte über dessen Bruder erhalten könne.

»Ich gebe generell keine Auskünfte über Familienmitglieder, die darüber hinausgehen, was eh schon bekannt ist«, sagte er. Er sah auch nicht ein, wofür die Informationen gut sein sollten. Wenn es um die Sache in Fuerteventura gehe … die Geschichte sei endgültig vorbei, meinte er, auch wenn die Folgen noch nicht verdaut seien.

Friedhelm blieb in seiner bewährten Art freundlich und höflich. Es war die Art, die ihm seit jeher viel Sympathie einbrachte und offene Türen verschaffte.

»Natürlich, Herr Isenloh, es ist vorbei. Aber, wie Sie eben selbst sagten, die Folgen sind noch nicht verdaut. Vielleicht kennen Sie das, dass Sie sich auch schon mal über das Warum einer Sache den Kopf zermarterten. So geht es den Hinterbliebenen. Sie möchten gerne verstehen können.«

»Wozu brauchen Sie denn dafür Informationen über meinen Bruder, und nicht über die Unfälle? Wenn sie über die Ereignisse etwas erfahren wollen, müssten Sie die Leute der Gruppe befragen, oder meinen Bruder, als den Reiseorganisator, interviewen …«, er stockte plötzlich und meinte dann, »… nein, das wird nicht gehen. Kai ist psychisch am Boden. Im Moment kommt keiner an ihn ran, außer seine Psychologin. Er war schon immer ein Problemkind.«

»Schon immer?«, wiederholte Friedhelm.

Jan Isenloh zögerte einen Moment und trat beiseite, um Friedhelm Einlass in die Wohnung zu gewähren. »Gut, dann kommen Sie rein, aber ich glaube nicht, dass ich Ihnen wirklich helfen kann und vor allem, dass Details über meinen Bruder Näheres zum WARUM beitragen könnten.«

Sie nahmen beide im Wohnzimmer Platz, wo Jan dem Besucher ein Glas zu trinken anbot. Die Frau von Isenloh jun. hatte in der Küche zu tun.

»So, Herr Kulau, was genau möchten Sie denn gerne wissen?«

»Ich möchte gerne die Person Kai kennenlernen, möchte ihn begreifen«

»Zuerst einmal vorweggenommen. Begreifen werden Sie Kai nie. Nun, wie wollen wir es handhaben? Soll ich einfach erzählen, oder möchten Sie Fragen stellen?«

»Am besten, Sie erzählen ganz einfach. Wer ist Kai heute? Wie war Kai als Kind?«, schlug Friedhelm vor.

»Wahrscheinlich haben Sie gehört, Herr Kulau, …,« begann Jan seine Rede, »… dass mein Bruder hochbegabt ist. Ich war schon 21 Jahre alt, als es festgestellt wurde, deswegen habe ich es auch bewusst mitbekommen. Kai hatte enorme schulische Probleme und auch im sozialen Umfeld war er ein Problemkind. Jeder, einschließlich der Familie, glaubte, Kai sei geistig minderbemittelt, bis ein aufmerksamer Lehrer seine Hochbegabung erkannte. Anschließend durchlief er die Schule im Schnelldurchgang. Es war unglaublich. Ich als Normaldenkender konnte gar nicht begreifen, wie so etwas möglich war. Ich fragte mich, was geht in einem solchen Gehirn vor? Wie sieht Kai die Dinge in der Welt? Wie nimmt er die Menschen, das Leben wahr? Tja und das alles ist mir heute noch ein Rätsel. Aber er war nicht nur ein Genie, sondern zeigte auch gewisse Benachteiligungen, zum Beispiel im körperlichen Bereich: wie schwächlicher Körperbau, extreme Kurzsichtigkeit, und im sprachlichen: wie Sprachhemmung. Das heißt je nach psychischer Verfassung hatte er Probleme, sich mitzuteilen. Deswegen sprach und spricht er auch heute noch nicht viel. Außer, wenn er wissenschaftlich argumentieren darf; da fährt er ab, wie eine Rakete. Da kann man ihn nicht bremsen und schon gar keine Sprachhemmung mehr erkennen.«

»Sie sagten, Kai sei ein Problemkind gewesen. Hatte er als Kind auch psychische Probleme, oder anders gefragt, war er wegen Problemen in Behandlung?«

»Ja, er war in Behandlung, nur ein paar Sitzungen bei einem Psychotherapeuten. Es war aber nichts Schlimmes. Er kriegte sich recht schnell wieder auf die Reihe. Erst später dann, er war fünfzehn Jahre alt, da wurde er plötzlich auffällig krank. Der Psychiater meinte, dass Kai an Schizophrenie erkrankt sei, wissen Sie, so wie der berühmte Mathematiker John Forbes Nash. Und das, weil er zu Wutausbrüchen neigte. Komischerweise aber nur zu Hause. In der Schule fiel er deswegen nicht auf. Er war ein ruhiger guter Schüler. Ich fand diese Diagnose gelinde gesagt, übertrieben. Er zeigte vielleicht schizophrene Ansätze, aber dass er richtig krank gewesen sein soll, so dass diese Diagnose gerechtfertigt gewesen wäre, das hielt ich für ein Gerücht. Nein, mein Bruder war nicht schizophren, beim besten Willen, das kann ich nicht glauben.«

»Weiß man, was der Auslöser für diesen plötzlichen Ausbruch, war?«

»Ehrlich gesagt, wissen wir das nicht so genau. Vielleicht hatte er Ärger in der Schule, wobei ich mir das nicht so richtig vorstellen konnte. Aber er erzählte ja nichts. Schulisch kannte er keine Probleme und sonst war er ein sehr ruhiges, friedliches und vor allen Dingen ein sanftes Bürschchen.«

»Aber dieses ruhige, friedliche und sanfte Bürschchen hatte dennoch plötzlich Wutausbrüche«, wiederholte Friedhelm ziemlich nüchtern.

»Ja, Sie haben recht. Das hört sich schon ein bisschen merkwürdig an, aber es war so. Zumindest erinnere ich mich daran, dass es so war«, gab Jan klein bei.

»Und wenn ich Sie richtig verstanden habe, geht es Kai im Moment so richtig schlecht, so dass Sie glauben, er sei zu einem Interview nicht fähig«, resümierte Friedhelm.

»Ja, logisch. Es geht ihm richtig dreckig. Das ginge mir auch so, nachdem was auf Fuerteventura passierte. Und jetzt nachdem auch der Hartl Freddy sich das Leben nahm. Man hat ja schließlich eine Beziehung zu seinen Kameraden.«

»Ja, verständlich«, pflichtete Friedhelm dem Argument bei, »jeder, der in Fuerteventura dabei war, hatte Schlimmes, bis ins tiefste Innere Traumatisierendes durchgemacht. Vor allen Dingen diejenigen, die das Sterben aus nächster Nähe erlebten. Patty sah in die panisch aufgerissenen Augen ihres Freundes, als er von der Brandung mitgerissen wurde; Renée hörte die letzten Worte von Anita, bevor diese starb, und dennoch stehen sie alle beide wieder im Leben.«

»Ja, ich verstehe schon, worauf Sie hinaus wollen, Herr Kulau. Doch sehen Sie es einfach so. Kai war der Organisator der Reise und fühlt sich jetzt vermutlich verantwortlich für das ganze Unglück. Und bedenken Sie, Kai ist eben nicht wie ein Normalsterblicher. Er ist anders, als alle. Er erlebt die Welt anders, er fühlt anders, er tickt anders. Wir können das mit unserem Denken nicht so richtig erfassen. Sehen Sie, Kai ist mein Bruder und dennoch ist er mir immer fremd geblieben. Fragen Sie unsere Eltern. Ihr Empfinden dürfte ähnlich sein.«

»Ja, Herr Isenloh, absolut. Ich kann es soweit gut nachvollziehen. Es ist wohl ein schweres Los für den Betroffenen, anders zu sein und ebenso schwer für die Menschen in dessen Umgebung, damit umzugehen. Manchmal wünschte ich mir, und wenn es nur für einen Tag ist, mit dem Gehirn eines Genies denken zu dürfen; einfach mal zu spüren, wie es sich anfühlt.«

Jan nickte. »So ist es, Herr Kulau. Diesen Wunsch hegte ich auch schon. Was mich aber nun interessiert: was wollen Sie anfangen mit Ihrem Wissen über Kai? Haben Sie jetzt eine Antwort auf das WARUM?«

»Ich habe eine Antwort auf das WAS. Zum WARUM fehlen noch ein paar Details«

»Erklären Sie mir das WAS, bitte«

»Ich bin überzeugt, dass Ihr Bruder seinen Kommilitonen Felix bewusst ins Unglück laufen ließ.«

»Aber warum? Kai ist doch kein Mörder.«

»Sehen Sie, genau das ist dann die Frage nach dem WARUM. Ich vermute, die Antwort in Kais jugendlichem Alter von fünfzehn Jahren zu finden.«

»Sie sind also zu mir gekommen, um basierend auf meinen Informationen, meinen Bruder als Mörder zu überführen? Ist es das, was Sie wollten?«, Jan klang jetzt sehr erregt. Plötzlich schien er zu bereuen, so brav Auskunft erteilt zu haben. Hat er soeben seinen Bruder ausgeliefert, ihn den Wölfen zum Fraß vorgeworfen? Wie schäbig war das denn?

»Mein Auftrag lautet, Hintergründe aufzudecken und daraus Erklärungen zu formulieren. Mein Auftraggeber hat nichts davon, jemanden des Mordes, oder wie in diesem Fall eher des Totschlags, zu verklagen. Er will einfach nur verstehen können«, versuchte Friedhelm mit ruhiger Stimme die soeben losgebrochene Woge zu glätten. »Es ist so viel Leid auf die Leute hereingestürzt. Für sie ist es schwer, zu verkraften, wenn plötzlich liebe Menschen aus deren Mitte gerissen werden.«

»Das sagen Sie, Herr Kulau. Heißt Ihr Auftraggeber vielleicht Zander? Oder Schmied? Oder beide? Wenn es wirklich so gewesen sein sollte, dass Kai jemand bewusst ins Unglück laufen ließ, dann werden die sich doch niemals alleine mit dem Wissen darüber zufrieden geben.«

»Mein Auftraggeber heißt weder Zander noch Schmied. Aber, ich mache kein Geheimnis daraus. Die Namen meiner Auftraggeber lauten Manfred Hartl und Sylvie Kannemaker, die ehemalige Verlobte von Frederik Hartl, der aus dem Leben schied, weil er mit der Schuld nicht leben konnte, denn er alleine fühlte sich verantwortlich. Im weitesten Sinne könnte man es ja auch so sehen. Wäre er kein verrückter Abenteurer gewesen, sondern hätte auf Ihren Bruder gehört, wäre die Situation niemals entstanden, dass jemand beim Versuch Hilfe zu holen, sein Leben hätte lassen müssen. Ich bin überzeugt, dass die anderen Familien das ähnlich sehen, dass sie im Nachhinein die Schuld für die ganze Tragödie bei Freddy sehen. Dieses Bewusstsein tut den Hinterbliebenen weh. Und deswegen, möchten sie die Hintergründe kennen. Mir selbst ist natürlich auch bewusst, dass es für die Familie Isenloh auch nicht einfacher sein würde, sollte sich die Schuldvermutung bewahrheiten, wenn wir mal von Schuld sprechen wollen. Wie Sie mir erzählt hatten, hatte es die Familie auch so schon schwer genug.«

Die Ehrlichkeit von Friedhelm zeigte Wirkung auf Jan. Er empfand geradezu Sympathie für den Detektiv.

Friedhelm stand auf, um sich von Jan zu verabschieden. »Ich danke Ihnen, Herr Isenloh, für Ihre Auskunftsbereitschaft«, was Jan mit den Worten »ich hoffe, keinen Fehler begangen zu haben«, quittierte.

Friedhelm lächelte und schüttelte den Kopf: »das haben Sie nicht. Ich verspreche es Ihnen.«

*

Friedhelm wusste, dass Sylvie und Patty bis Ende der ersten Juniwoche noch in Müllheim sein würden, und da er gerade in Müllheim war, versuchte er gleich mit Sylvie telefonisch einen zweiten Gesprächstermin zu vereinbaren.

»Würde es Ihnen etwas ausmachen, bei mir am Eichwald vorbeizukommen? Brauchen Sie die Anwesenheit von Patty auch? Wenn ja, müsste ich sie natürlich zuerst anrufen.«

»Ich komme natürlich gerne bei Ihnen vorbei und nein, Patty muss nicht unbedingt dabei sein. Es geht um eine Frage, die vermutlich auch Sie mir beantworten können, sie hat nichts mit der Wanderung in Fuerteventura zu tun.«

*

Sylvie sah Friedhelms bewundernden Blick diskret durch die hübsche helle Altbauwohnung streifen.

»Dieses Haus gehört Herrn Hartl«, erklärte sie, bevor Friedhelm auch nur eine einzige bewundernde Bemerkung an die Frau bringen konnte. Er lächelte, »sie ist sehr schön.«

Sie saßen beide im lichtdurchfluteten Wohnzimmer und Friedhelm berichtete von seinen Eindrücken, die er während des Gesprächs mit Kais Bruder erhalten hatte. »Nun gibt es nur noch einen Knackpunkt, und da könnten Sie mir behilflich sein«, schloss er seinen Bericht.

»Aha, na dann schießen Sie los Friedhelm. Was möchten Sie wissen?«

»Kai hatte eine Art Zusammenbruch, als er fünfzehn Jahre alt war. Es müsste so etwa 2004 etwas vorgefallen sein, was den seelischen Absturz auslöste. Jan sagte, dass Kai plötzlich zu Wutausbrüchen neigte, die er aber nur zu Hause hatte. Ich werde das Gefühl nicht los, dass der Auslöser mit der Schule zusammenhing. Wenn Sie versuchen, sich zurückzuerinnern, fällt Ihnen da vielleicht etwas ein, das so einschneidend gewesen sein könnte, dass es Wutausbrüche auslösen konnte?«

Sylvie wirkte überrascht. Sie kniff die Augen zusammen, während sie überlegte. Aber noch überraschender wirkte auf sie die Aussage, dass Kai überhaupt zu Wutausbrüchen geneigt haben soll. Kai und

Wutausbruch? Unmöglich. Das passte nicht zu dem kindlichen Jungen. Probleme vielleicht, ja, aber Wutausbrüche?

»Er hatte eigentlich nie schulische Sorgen. So etwas kannte Kai nicht. Das einzige Problem, das er hatte, war er selbst. Vielleicht litt er auch wegen seines Aussehens. Manche Leute, ich spreche da jetzt nicht nur von Schülern, nahmen ihn deshalb eben auch nicht für voll.«

»Wurde er gehänselt?«, fragte Friedhelm.

»Es gab keinen Grund für Hänselei. Die Mitschüler der Klasse hatten Respekt vor seinem genialen Gehirn. Jeder, der mal Probleme hatte, war froh, wenn er Kai fragen konnte. Und Kai half auch immer. Nein, es gab keinen Grund, ihn zu hänseln.«

»Dann formuliere ich es anders. Sie erinnern sich, zu welchem Schluss wir bei unserem ersten Gesprächstermin kamen, der da war: hatte Kai Felix bewusst ins Unglück laufen lassen?«

Sylvie schien zu begreifen worauf hinaus Friedhelms Hinweis abzielte. Bevor sie gedanklich in die Schulzeit zurückgehen konnte, stellte Friedhelm auch schon die Frage.

»So wie Patty erzählte, brachte Felix Kai nicht denselben Respekt entgegen, wie die anderen Mitschüler. Wenn ich mich richtig erinnere, sagte sie: ›*Felix konnte Kai nie so richtig ernst nehmen*‹. Jetzt müssen wir einfach wissen, war 2004 etwas Spezielles?«

Wieder überlegte Sylvie. »Ja, da war einmal etwas. Hm. Ja, und es könnte sogar ein Jahr vor dem Abitur gewesen sein, das heißt Kai war fünfzehn.«

»Aha?«, Friedhelm wurde hellhörig.

»Felix ließ Kai von einem Mädchen, in den Hinterhalt locken. Kai war unerfahren in Bezug auf das andere Geschlecht, das hieß aber nicht, dass er deswegen nicht auch wie andere Jungs gerne ein Mädchen kennengelernt hätte. Man konnte, wenn man ihn aufmerksam beobachtete, feststellen, dass er genau von diesem Mädchen heimlich schwärmte. Er lief nämlich regelmäßig rot an, wenn sie ihn nur beiläufig ansah ... ja, das war schon ein fieses Stück, das Felix da abgezogen hatte. Kai war so unschuldig, so unbeholfen. Ich hatte diese Sache zwar selbst nicht mitbekommen; ich weiß es nur vom Hörensagen. Man sagte, dass das Mädchen seine Rolle wohl sehr überzeugend gespielt haben soll. Sie habe Kai als erstes ihre Brüste gezeigt und soll ihm wohl auch gleich an die Wäsche gegangen sein. Kai soll sich dabei natürlich ziemlich ungeschickt angestellt haben. Als er dann mit heruntergelassenen Hosen dastand, soll Felix mit ein paar anderen Jungs aus dem Hinterhalt hervorgetreten sein und schallend gelacht und gerufen haben: ›*Kai meinst du, dass du mit dem Würstchen etwas ausrichten kannst?*‹ Mit Würstchen meinte Felix natürlich Kais Geschlechtsteil. Das Mädchen, das die Verführerrolle gespielt hatte, soll ebenfalls schallend gelacht haben. Ich denke, das ist das Schlimmste was man einem Menschen antun kann.«

»Dann liegt es auf der Hand«, schloss Friedhelm daraus, »der Zusammenbruch und die Wutausbrüche fanden ihre Ursache in diesem bösen Streich. Kai selbst sprach nie darüber, denn weder die Eltern noch der Bruder wussten etwas davon. Doch der Junge hatte den Vorfall wohl nie ganz verdaut und diese Wut immer mit sich herumgetragen. Dass Anita auf Fuerteventura ihr Leben ließ, ist ein Zusammentreffen unglücklicher Umstände. Kai wollte Anita nicht opfern. Es war nur ungeschickt, dass er die beiden Frauen bei Dunkelheit den Rückweg antreten ließ. Dass aber eine davon abstürzen würde, damit hatte er bestimmt nicht gerechnet.«

Es klingelte. Sylvie entschuldigte sich und ging die Türe öffnen. Kurz darauf kam sie mit Manfred Hartl ins Wohnzimmer und so lernte auch er Friedhelm Kulau persönlich kennen.

Hartl kam gerade im richtigen Moment, um die gewonnenen Erkenntnisse zu erfahren. Er hörte sich alles schweigsam an, schüttelte immer wieder den Kopf. Er war über das Gehörte betroffen und bestürzt zugleich. ›*Um Gottes willen, wie bösartig und brutal konnten Jugendliche sein*?‹

»Herr Kulau, es ist dramatisch, was Sie herausgefunden haben. Einfach entsetzlich«, sagte er, »ich bin überzeugt, dass wir mit dem Schluss, den wir daraus ziehen können, richtig liegen. Alles deutet darauf hin, dass Kai Felix ins Unglück laufen ließ. Diese letzte schreckliche Gewissheit, dass Kai es selbst zugibt, brauche und will ich nicht mehr. Ich weiß jetzt genug. Auch wenn ich nicht glücklich darüber bin, was ich weiß. Lassen Sie es dabei bewenden. Beenden Sie die Recherchen und schicken Sie mir die Rechnung … und bitte, bitte sagen sie nichts zur Familie Zander, auch auf die Gefahr hin, dass sie meinem Sohn, den sie als den Alleinschuldigen sehen, nie verzeihen würden. Doch ich meine es gibt schon genug Opfer. Auch Kai ist ein Opfer. Er ist alles andere als glücklich, vermutlich leidet er gar Höllenqualen, zumal er ja auch die

Verantwortung für Anitas Tod trägt. Auch mein Sohn hatte sich schuldig gefühlt und ist damit nicht fertiggeworden. Einen weiteren seelischen Absturz und womöglich Toten braucht es nicht. Kais Zukunft soll nicht auch noch zerstört werden. Vor allem diese Sache von damals in der Schule würde er neu durchleben müssen. Und auch der Ruf des Verstorbenen würde im Nachhinein noch beschmutzt. Felix' Eltern sollen nicht auch noch diese Schmach erfahren. Das gute Andenken an den Sohn soll ihnen bewahrt bleiben.«

Friedhelm dachte an das Versprechen, das er Kais Bruder gab und war dankbar über Hartls Reaktion: »Selbstverständlich Herr Hartl. Ich finde Ihre Haltung edel. Sie zeigen wahre Größe. Ich sehe den Auftrag somit als beendet.«

Auch Sylvie war froh, dass dieser Fall für sie nun ebenfalls abgeschlossen war.

Friedhelm rief am folgenden Tag Jan Isenloh an, um ihm von den Rechercheergebnissen zu berichten, und ihm mitzuteilen, dass sein Mandant den Auftrag als beendet sehe, weil er meine, dass es schon genug Opfer gebe und er nicht wolle, dass eine weitere Zukunft zerstört würde.

»Ich rufe Sie an, um Sie zu beruhigen. Sie zeigten sich ja bei meinem Abschied gestern sehr besorgt, womöglich einen Fehler begangen zu haben«, erklärte er Jan.

Friedhelm konnte den tiefen Seufzer, den Jan tat, genau hören, und er lächelte milde. ›*Wenigstens einen Menschen glücklich gemacht*‹, dachte er.

Jan sagte ihm auch, dass er froh sei, den Eltern von Friedhelms Besuch nichts erzählt zu haben.

Epilog

Februar 2017

Dr. Kai Isenloh, Promovierter auf dem Weg zur Professur, sitzt oberhalb des Abgrundes, auf der Hangkante bei Pecenescal. Es ist das erste Mal seit der Tragödie, dass er Fuerteventura wieder besucht. Er lässt seinen Blick umherschweifen, sieht das ganze Szenario von damals vor seinem geistigen Auge, so genau, als wäre es erst gewesen. Immer wieder schüttelt er traurig den Kopf. Tränen stehlen sich in seine Augen, und laufen die Wangen hinunter.

Wie hatte er gelitten. Er fühlte sich schuldig und nachdem Freddy sich das Leben nahm ging es ihm noch miserabler, so dass er ebenfalls mit dem Gedanken spielte, seinem Leid durch Suizid ein Ende zu bereiten. Dank seiner Verlobten und gleichzeitig besten Freundin Sarah Deichmann und seiner Psychologin Gabriela Messerle schöpfte er wieder Mut zu neuem Leben. Er wollte nützlich sein, wollte sein Studium beenden und promovieren. Ja und jetzt schaut er als Juniorprofessor gemeinsam mit Sarah in die Zukunft einer Professur an der Uni Kassel. Als Selbstmörder hätte er niemandem nützlich sein können.

Auch sein Bruder Jan hatte ihm sehr geholfen. Er erschrak zwar, als der Bruder ihn damals anrief, um ihm mitzuteilen, dass ein Detektiv aus Recherchen gewisse nachvollziehbare Schlüsse, die seine Schuld eventuell bewiesen, gezogen habe. Der Schreck dauerte aber nur ein paar Sekunden, denn im nächsten Moment erklärte Jan, der Mandant des Detektivs, Herr Hartl, habe seinen Auftrag nicht weiter verfolgt, weil er keinen Sinn in einem weiteren Opfer gesehen habe.

Ja, es stimmte. Er, Kai, hatte billigend in Kauf genommen, dass Felix ins Unglück lief. Ob er seinen Tod wünschte? Er kann es nicht mehr sagen. Aber einen Denkzettel sollte Felix auf jeden Fall bekommen. Er war auch nicht sonderlich erschüttert, dass er nicht mehr zurückkam. Doch dass Anita verunglückte, das war furchtbar für ihn. Damit wurde er fast nicht fertig, weil er fand, dass es dumm war, die beiden loszuschicken. Er versuchte es immer wieder vor sich selbst zu rechtfertigen, er habe nicht damit gerechnet, dass Felix durchkommen würde, und jemand musste doch schließlich Hilfe holen. Natürlich war im Nachhinein klar, dass es auf jeden Fall zu spät war. Hinterher ist man immer klug. Und dann Freddys Tod. ›*Mein Gott, Freddy, warum hast du das getan*?‹ Auch heute noch schmerzen die Gedanken an das ganze Drama.

Kai hatte später nochmals Herrn Hartl angerufen und sich entschuldigt und er bedankte sich gleichzeitig. Es waren nicht viele Worte, die er verloren hatte, aber Hartl verstand, was gemeint war.

Nun sitzt Kai da, am Ort des Geschehens, blickt um sich, saugt die mildwürzige Luft tief ein.

Wie wunderschön ist doch Fuerteventura.

Danksagung

Mein Dank geht an …

… meine Fuertefreunde, die mich für meinen Roman inspiriert haben.

… meinen Mann, Dieter, der sich wie gewohnt der ersten Lektüre angenommen hatte und wie immer als mein erster Kritiker fungierte; auch das Brainstorming mit ihm brachte mich immer wieder auf interessante Ideen.

… Wiltrud Heinzelmann, die sich als Lektorin zur Verfügung stellte. Auf meine Anfrage hin sagte sie spontan zu und ging, obwohl auch ihre Zeit sehr knapp bemessen war, sofort akribisch an diese Aufgabe. Sie war dabei sehr kritisch. Ihre Anmerkungen waren sehr hilfreich.

… David Jentzen, der mich bei der Produktion des Covers unterstützte.

Weitere Bücher von Ellen Heinzelmann

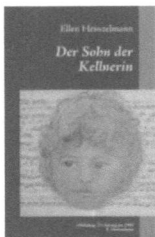

Der Sohn der Kellnerin

ISBN 978-3-8423-5995-6
(ab Juni 2017 NEU)

Das Leben der Studentin Hannah nimmt eine überraschende Wendung. Unerwartet wird sie schwanger und ein schwerer Schicksalsschlag trifft sie. Doch tapfer stellt sie sich dem Leben mit ihrem Kind, einem ganz besonderen Jungen, der klare Merkmale eines Genies zeigt.

BLUTSVERWANDT

ISBN 978-3-8423-6856-9
(ab Juni 2017 NEU)

Mit dreißig Jahren entdeckt Boris Petrow zufällig, dass sein verstorbener Zwillingsbruder Ilja gar nicht sein Bruder war. Sein wirklicher Zwillingsbruder mit Namen Eric wuchs 60 km entfernt in einer anderen Familie auf und er lebt. Durch seine Recherchen gerät Boris in große Gefahr, denn Adrian, Erics Vater, setzt einen Berufsverbrecher auf ihn an.

Wir seh'n uns in der Hölle

ISBN 978-3-8482-0935-4
(ab Juni 2017 NEU)

Mario der älteste und auch tüchtigste von insgesamt drei Söhnen der Galanisfamilie hat es mit seiner Steinmetzkunst zu Wohlstand gebracht. Zwanzig Jahre lebt die Familie gut und gerne von Marios Wohlstand. Doch im Hintergrund schwelt der Neid. Die unstillbare Gier führt zu Hass und blinder Zerstörungswut. Und die gierige Gesellschaft merkt nicht, dass sie am Ast sägt, auf dem sie selbst sitzt. Mario wird an den Abgrund seiner Existenz getrieben. Auf der Suche nach dem *'Warum?'*, stößt Mario auf ein dunkles Familiengeheimnis.

Es geschah in der Wolfsschlucht
Der Markgräfler Krimi
300 Seiten; Neuauflage 2016

ISBN: 978-3-7392-4803-5

In der Wolfsschlucht ist so einiges los, wovon niemand etwas ahnt; und dann geschieht auch noch ein Mord. Der Täter, ein Gymnasiallehrer aus Lörrach, ist schnell gefunden, denn alle Spuren führen ganz klar zu ihm, unter anderem der Hinweis eines stummen Zeugen. Doch, ist er wirklich der Mörder?
Seine Schwester zweifelt daran. Sie möchte die Wahrheit herausfinden und engagiert eine Rechtsanwältin Celine Endress. Celine und ihr ›Matula‹, wie diese ihren Kompagnon, Detektiv Friedhelm Kulau, gerne scherzhaft nennt, nehmen sich des Falles an. Bei der Recherche stoßen sie auf erschreckende, äußerst gefährliche Details.

Verhängnisvoller Deal
Der Markgräfler Krimi
248 Seiten; Neuauflage 2014

ISBN 978-3-7386-0352-1

Joachim Winterstein, Geschäftsführer einer renommierten Firma in Lörrach, war ein erfolgreicher, aber auch ausgekochter Geschäftsmann, dessen Nebengeschäfte und sonstige Aktivitäten vor dem Auge des Gesetzes nicht immer auf Wohlwollen gestoßen wären. Daher sah er sich auch immer wieder mal genötigt, ungeliebte Mitwisser durch großzügige Vereinbarungen zum Stillhalten zu bringen. Doch einer dieser Deals stellte sich als verhängnisvoll heraus.

Maurice
Die Vergangenheit hat einen Namen
240 Seiten, Neuauflage 2016

ISBN: 978-3-7386-3651-2

Während eines Workshops in Montpellier hatte Dr. Norman Falcon eine kurze aber sehr intensive Affäre mit einer Französin, einer außergewöhnlichen Frau. Dass dieses Abenteuer nicht ohne Folgen blieb, erfährt er erst acht Jahre später, nachdem er längst eine Familie mit zwei Kindern gegründet hatte und in sorgenfreiem Wohlstand in der Schweiz lebt. Diese Folgen haben einen Namen: **Maurice**.